KEITAI
SHOUSETSU
BUNKO
野いちご　SINCE 2009

イケメン幼なじみと

甘々ふたりぐらし。

～女嫌いのはずのクール男子に、

溺愛されちゃいました!?～

ゆいっと

JN019361

○ STARTS
スターツ出版株式会社

イラスト／星名トミー

お隣に住む伊緒くんは幼なじみ
高校に入学と同時、お互いの両親の転勤が決まり
私の家でふたりぐらしをすることになってしまいました。

物心ついたときから大好きな伊緒くんは
「女になんて興味ねえ」
恋人になれる可能性は1ミリもなくて
「もう忘れたの？　ニワトリ以下だね」
毒舌なのに
「寒かったでしょ、俺があっためてあげる」
時々、お砂糖みたいに甘くなる

「伊緒くん……ずるいよ……」
ねぇ、ほんとの伊緒くんはどっちなの？

おまけに、ドキドキするようなことばかり
言ってくるようになって
「いおっ……くん、今……なに、したの……っ？」
「……ナイショ」

甘々すぎるふたりぐらしは
ドキドキの連続です

イケメン♥幼なじみと
甘々ふたりぐらし。

人物紹介

女嫌いのはずの
クール男子に、
溺愛されちゃいました!?

葉山 伊緒
（はやま いお）

桃の幼なじみで、超イケメン。
スポーツ万能な秀才で、特進ク
ラス。クールで女嫌いだけど、
桃のことはずっと前から好き。

鈴里 桃
（すずり もも）

天然だけど、何事にも一生懸命
な高1女子。いきなり伊緒と同
居することになり、甘さ全開な
伊緒にドキドキしちゃって…？

真柴 善
ま しば ぜん

桃のクラスメイト。隣の席に
なったことをきっかけに、桃
に絡んでくるように。

鳥海 美雪
とりうみ みゆき

桃の親友で、お姉さん的存
在のしっかり者。伊緒の桃
への想いに気付いている。

宇野 亮介
う の りょうすけ

伊緒の親友で特進クラス。
桃が、伊緒の好きな人だと
勘違いしていた男子。

☆

contents

LOVE♡1

伊緒くんは幼なじみ　　　　　　　10

伊緒くんはちょっとイジワル　　　21

伊緒くんはみんなのもの　　　　　34

伊緒くんのお仕置き　　　　　　　46

モモにキスマーク【伊緒side】　　51

LOVE♡2

伊緒くんの嫉妬　　　　　　　　　66

伊緒くんの抱き枕　　　　　　　　81

モモと秘密の教室で【伊緒side】　90

伊緒くんのおふざけ　　　　　　　100

伊緒くんと夜空　　　　　　　　　115

LOVE♡3

伊緒くんとテスト勉強　　　　　　126

モモの手料理【伊緒side】　　　　132

伊緒くんとカミナリ　　　　　　　141

モモを賭けて勝負【伊緒side】　　159

LOVE♡4

伊緒くんは天才です　　　　　　170

伊緒くんの苦手なもの　　　　　182

モモの好きなタイプ　　　　　　194

伊緒くんとデート？　　　　　　200

LOVE♡5

伊緒くん離れします　　　　　　208

伊緒くんとケンカ　　　　　　　219

モモのそばにいたいけど【伊緒side】229

伊緒くんに無視された　　　　　233

伊緒くんと両想い　　　　　　　241

書籍限定番外編

伊緒くんとお泊まり旅行　　　　262

あとがき　　　　　　　　　　　284

LOVE♡1

伊緒くんは幼なじみ

　——チュンチュン……チチチチ……。

　半分開いたカーテンから朝の光がたっぷり降り注ぐベッドの上で、私、鈴里桃（すずりもも）は目を覚ました。

　家の庭には緑がたくさんあるから、朝はいろんな鳥がやってくるの。

　鳥の鳴き声で起きるなんて、贅沢（ぜいたく）な目覚めだなあ。

　でも今は春休みだからまだ寝ていられる。二度寝って気持ちいいよね。もうちょっと寝ちゃおう。

　すやあ……と、再び夢の中に入ろうとしたとき。

「起きて」

　現実に引き戻す、低い声。

　びっくりして目を見開くと、目の前には幼なじみの葉山（はやま）伊緒くんがいた。

「ひいっ……！」

　ななな、なぜ、ここに伊緒くんが!?

　寝起きの回りきらない頭じゃ、全然考えられない。

　わかるのは、目の前の伊緒くんは朝から超イケメンってことだけ。

　左右対称のアーモンドアイに、すーっと筋の通った高い鼻、薄くて小さい唇はつやっぽくてセクシー。

　ひときわ目を引くオーラを出していて、行き交う人は二度見三度見は当たり前。

　光に照らされて輝くサラサラのミルクティー色の髪に、寝ぐせがついたところなんて見たことない。

　そんじょそこらの芸能人よりぜーったいモテると思う。

　ってことは今どーでもよくて。

「どうして伊緒くんが……！」

　生まれたときからお隣に住んでいる伊緒くんだけど、朝イチで私の部屋にいる理由がわからないよ。

　——と、だんだん思い出していく。

　そうだ。

　私今、伊緒くんと一緒に住んでるんだった……！

　ハッと目を見開いた私に、伊緒くんは口角を上げる。

「モモは一晩寝たら忘れちゃうの？　ニワトリ以下だね」

　彫刻のように整った顔から吐き出されたのは、毒のような言葉。

　ううっ。

　そうなんです。伊緒くんはちょっと毒舌なんです。

「何度起こしたと思ってんの。いいかげん起きなきゃキスするよ」

　言うや否や、伊緒くんは私の前髪をあげるとおでこにチュッとキスした。

「うわわわっ……！」

　起きなきゃ……って。

　今、起き上がる隙もなかったよね!?

　伊緒くんてば、いつも唐突なんだから……。

　そして、全開になった私のおでこを見て、ちょっぴり切

なそうな顔をした。

　だから。

「起きなきゃキスって、もうしてるじゃん！」

　その顔に気づかないふりをして。

　私は前髪でおでこを隠した。

　伊緒くんは４月生まれ。私は３月生まれ。

　同じ学年だけど、その差は１年もある。

　伊緒くんが歩きだしたころに、私は生まれた。

　昔の写真や動画を見ると、伊緒くんは生まれたばかりの私を物珍しそうに見てそーっと頭をなでていたり、添い寝していたり。

　昔から、私のお世話係だったんだなーってことがわかる。

　私は伊緒くんのあとをいつも追いかけて、伊緒くんの真似をして育った。

　私が困っていたら、いつだって手を差し伸べてくれた。

　そんな伊緒くんのことを、いつから恋愛対象として好きになったのかなんて、覚えてない。

　気づいたら、好きだった。

　だけど伊緒くんにとって私は妹みたいな存在で。

　もしかしたら、それ以下。

　ペットみたいに思ってるのかも。

　伊緒くんが私にキスするのは、イヌやネコにキスするのと同じ感覚なはず。

　そこに特別な気持ちがないことは知ってるし。

　……期待したらだめってことは、私が一番よく知ってる。

　伊緒くんは"女の子に興味がない"から。

　モテすぎる伊緒くんは、毎日のように、それこそ街で初めてすれ違った女の人からも告白されちゃうような希代のイケメン。

　それでも、私の知る限り彼女がいたことは1回もないの。

　いつだったか聞いたことがあるんだ。

『ねえ伊緒くん。伊緒くんはどうして誰の告白もOKしないの？』

『女に興味ないから』

　それは、私の気持ちもバッサリ斬られるような答えで。

　かるーく頭をハンマーで殴られたような感覚だった。

　ってことはだよ？

　やっぱり、アレだよね。

　伊緒くんはきっと、男の子が好きなんだと思うの。

　今の時代、いろんな恋の形があっていいと思うんだ。

　だからって、あきらめたわけじゃないよ？

　いつか私のことを恋愛対象として見てもらえるように日々頑張ってる……。

「ふふふっ、モモなでてると落ち着く」

　……つもりなんだけど、伊緒くんには全く響いてないみたい。

　ドキドキしている私の気持ちなんてつゆ知らず。

　伊緒くんはやっぱりイヌやネコにするみたいに、私の頭をなでなでする。

　耳の上あたりを、優しく、何度も。

　ああ……気持ちいい。

　このまままた寝ちゃいそう。

　思わず目が閉じかけるけど。

「モーモ」

「……ん……？」

「なに寝かしつけられてるの」

　体を揺さぶられて、慌てて目を開ける。

　やばっ、寝ちゃうとこだった！

「……っ、寝かしつけてきたのは伊緒くんじゃん！」

　伊緒くんにこうされたら眠っちゃうのは、今に始まった
ことじゃない。

『赤ちゃんのころ、私がいくら寝かしつけても寝ないのに、
伊緒くんに寝かしつけられたら秒で寝たもんね〜』

　なんていう昔話は、お母さんからもう何百回と聞かされ
た。

　これはもう、体が覚えてるからしかたないの。

　伊緒くんは呆れたように笑いをかみ殺しながら、カレン
ダーを指さした。

「今日なんの日か覚えてないの？」

「今日……？」

　まだふわふわした頭でカレンダーを見る。

　えーっと、今日って春休……はっ！

　今日、４月６日のところにピンクのマジックで大きな丸
がついている。

　あれは……。

「入学式っ!?」

　目を見開いて問いかければ、大きくうなずく伊緒くん。

「大正解」

　伊緒くんは、すでに制服を着ていた。

　下ろしたてのパリッとした白いシャツに、中学のときより品のある青いネクタイ。

　あとはブレザーを羽織るだけの状態。

「それを早く言ってよ〜！」

　そうとなれば、ガバッと布団を剥いでベッドから降りた。

　なにからどうしていいのか、その辺をあたふた動き回る。

「モモの頭は365日お花畑だね」

「むー！」

　またバカにして〜。

「メシできてるから着替えたら早く降りてこいよ」

「うんっ！」

　私の頭の上にポンポンと手をのせると、伊緒くんは私の部屋を出ていった。

　顔を洗ってパジャマを脱いで、新品の制服に袖を通す。

　キャメル色のブレザーに、タータンチェックのスカート。

　胸元のネクタイは赤に同系色のラインが入っていてとっても可愛いの。

　藤代高校を受験したのは、30％が制服が可愛いからで、残りの70％は伊緒くんも受験するから。

　……いや、本当は100％伊緒くんと一緒にいたいからで、

制服はおまけなんだけど。

　鏡に制服姿の自分をうつして、しばし眺める。

　肩下まで伸びたストレートの髪に、これといった特徴もない、日本人の平均的な顔。むしろ童顔。

　せめて、身長が高くてすらりとしていればよかったのに、155センチで私の成長は止まってしまった。

　だから、伊緒くんと並ぶと私の平凡さが際立っちゃう。

　そんな私が伊緒くんと幼なじみってだけでもバチあたりなのに、さらに一緒に暮らしてるなんて絶対人に言えない。

　伊緒くんと私の家でふたりぐらしを始めたのは、3日前から。

　お隣の葉山家と我が家は、親同士がとても仲が良く、私と伊緒くんももれなく仲良くなった。

　幼稚園、小学校、中学校とずーっと一緒で、藤代高校にも一緒に合格が決まった1月、私のお父さんの転勤が決まったの。

　引っ越さなきゃいけないし、高校も新たに受験しなおしと言われて、目の前が真っ暗になった。

　伊緒くんと離ればなれになっちゃうなんて、耐えられない……伊緒くんが近くにいない生活は想像できない。

　それでも、まだ15歳の私には、親についていかない選択肢はなくて。

　泣いて泣いて、状況を受け入れ始めたときだった。

　葉山家にも、転勤の話が出たのは。

　しかも海外。

　結局、私は伊緒くんと離ればなれになる運命だったんだ……って思ってたのに。

　『海外？　行くわけねーじゃん』って、伊緒くんはあっさり。伊緒くんはひとりでこっちに残り、藤代高校へ通うと言ったんだ。

　そしたらお母さんが『桃も残って伊緒くんと一緒に暮らす？』なんて、冗談とも本気とも取れないことを言いだして。

　伊緒くんのお母さん……光莉（ひかり）さんも『いいわねえ。ふたりなら安心だし、電気代や水道代も半分にできるし、ちょうどいいじゃない』って。

　あれよあれよと話は進んでしまった。

　もう、目玉が飛び出そうなくらい驚いたよね。

　まあ……藤代高校に通いたいし、伊緒くんを好きな私にとっては願ったり叶ったりのアイデア。

　でも、いくら幼なじみだからって、年頃の男女が一緒に住むことには、さすがにお父さんは反対すると思ったけど。

『伊緒くんが一緒なら安心だ！』

『伊緒、桃ちゃんをしっかり守るんだぞ』

　……私と伊緒くんに限って、そんな心配は誰もしなかったみたい。

　15年間兄妹（きょうだい）のように育ってきたわけで、まあ、今さらって感じだよね。

　見てのとおり、伊緒くんにとって私はペットも同然で。

　私はいつもひとりでドキドキしてるんだ。

「モモー、まだー？」

　階下から、伊緒くんの声。

「はあい、今行く〜！」

　やばいやばいっ、急がなきゃ。

　鏡の前でぼーっとしてる場合じゃなかった。

　高校指定のカバンをつかんで、階段を下りていく。

　リビングには、お味噌汁のいい香りが漂（ただよ）っていた。

「今日の具はなあに？」

「豆腐となめこ」

「わあ、やったあ！」

　私の喜びの声に、伊緒くんは嬉しそうに笑い、湯気の立ったお椀を置いてくれる。

　他には、炊き立ての白いご飯に鮭の塩焼きと卵焼き。これぞ、ザ・日本の朝ご飯。

　朝も起きれなくて、ご飯もあまり作れない私とは大違い。

　伊緒くんはまるで主婦の鑑（かがみ）だよ。

　勉強やスポーツ、なんでもできる人だとは思っていたけど、これほどだったなんて。

　一緒に住んでからというもの、伊緒くんのすごさを毎日再発見。

　伊緒くんは、ハイスペック男子の名をほしいままにしてる。

　料理はもちろん、家事全般なんでもこなす。

　だから、私は食事の後片付けやゴミ出しを率先してやってるんだ。

　あと洗濯も。

　だって伊緒くんに下着を見られたら恥ずかしくて死んじゃう。

「今日もおいしそう。いただきまーす」

　両手を合わせて、まずはお味噌汁に口をつけた。

「うーん、おいしー。やっぱり日本人は味噌汁だよねっ！」

　これからずーっと伊緒くんのおいしい朝食が食べられると思ったら、幸せすぎて顔がにやけてきちゃう。

「ほんとモモってうまそうに食うよな」

　伊緒くんは、そんな私を笑いながら見る。

「だってほんとにおいしいんだもん。伊緒くん、絶対にいい主夫になるよね」

「は？」

「あっ、主夫って、夫って書くほうね！」

　指で目の前に『夫』と書いた。

　私のお父さんは家事がなんにもできないから、単身赴任が無理だったわけで。

　伊緒くんみたいになんでもできる人って、やっぱりステキ！

「じゃあ、嫁に来る？」

「へっ!?」

「俺の嫁」

「…………」

　おれのよめ。オレノヨメ。

　それって。

　わ、私、今。

　プロポーズされたの!?

　なにが起きたのか理解できなくて、思考停止。

　体もすごく熱い。

「なーに真っ赤になってんの」

　そんな私を鼻で笑うと、伊緒くんは涼しい顔してお味噌汁をずずっとすすった。

　……ただの冗談だったみたい。

　び、びっくりしたあ。

　だよねだよね。

　伊緒くんが私にプロポーズって、そんなことあるわけないよねっ。

　私は無駄にドキドキしながら、入学式の日の朝ご飯を食べた。

伊緒くんはちょっとイジワル

「鍵閉めた？」

　先に玄関を出た伊緒くんが振り返って聞いてくる。

「うん、バッチリ！」

「ほんとかよ」

「ほんとだって。そんなに心配なら伊緒くんが確かめてくればいいでしょ？」

「めんどくせ」

　もうっ！

　伊緒くんは、言葉遣いが悪いのが玉にキズ。

　乱暴っていうか、トゲというか毒というか。

　そうなったのは小学校高学年のころから。

　それまではすっごい優しくて、私のヒーロー……ううん、王子様みたいな人だった。

　それがいきなりキャラ変しちゃったものだから、なにがあったのかとびっくりしたんだ。

　男の子だし、カッコつけたい年頃なのかなあって思ってたんだけど、伊緒くんは結局ずっとそのままで。

　今となってはそれも含めて伊緒くんで、すっかり板についてしまった。

　学校まで20分の道のりを並んで歩く。

　穏やかな春の日差しに見守られて、桜の枝がゆらゆら揺

れている。

　入学式日和（びより）だなあ。

「伊緒くん、桜をバックに写真撮ろうよ！」

「はあ？　ただでさえ歩くのおせーのに、んなことしてたら遅刻するぞ」

「もうっ……！」

　スタスタ歩いていく後ろ姿を膨れて見つめる。

　ちょっとぐらいなら大丈夫だよね。

　私はスマホを上に向けて、自撮りしようと試みた。

「あれ？」

　なかなかうまくいかない。

　ブレちゃうし、桜と顔の比率もアンバランスで全然うまく撮れないや。

　もういいかな。あきらめようとしたとき、

「ほら、貸してみ」

　ひょいっとスマホが取り上げられて、顔をあげた私に映ったのは、しかたねえなって顔の伊緒くん。

「伊緒くん……!?」

　いつの間に戻ってきてくれたの？

　「撮るよ」と言うのと同時に、カシャとシャッターが切られた。

　慌てて顔を作った私。

　画面の中には、ふんわりした桜と、頬を寄せ合う伊緒くんと私がいい感じにおさまっていた。

　まるで、雑誌のひとコマみたい。

「わあっ、ありがとう！」

　そう！　こういうのが撮りたかったの！

　写真を撮る才能まであるなんて、ほんと隙がない。

「伊緒くん天才！」

「おおげさだな、写真くらいで」

　ふふっと笑うと、「遅れるぞー」ってまた長い足を進める。

　なんだかんだ言いながら、結局撮ってくれる伊緒くん。

　口は悪くても根が優しいのは変わらない。

　伊緒くんて、やることがいちいちスマートというか無駄がないっていうか。

　カッコつけようと思ってやってなくてもカッコよくなっちゃうところが、もうカッコいい。

　おしゃべりをしながら登校していると、あっという間に学校についた。

　真新しい制服に身を包んだ、緊張気味の新入生たちが続々と校門をくぐってる。

　いよいよ私も藤代高校の生徒の一員になったんだ。

　背筋がピンと伸びたとき、聞こえてきたのは女の子たちのざわめく声。

「ねえ見てっ、あの人めっちゃカッコいい!!」

「ほんとだあ～」

「芸能人みたいっ！」

　目をキラキラ輝かせて、口に手を当てながら頬を赤く染めている。

　これ、伊緒くんに遭遇した女の子たちの正しい反応。

　きっと100人中100人が同じ反応をすると思う。

　高校でも、伊緒くん旋風（せんぷう）は続くんだろうなあ。

「隣にいる人彼女かなー」

「違うでしょ。だって全然釣り合ってないもん」

　ガーン。

　……わかってますよ、わかってます。

　だけど、人から言われたらへこむなあ。

　肩身の狭い思いをしながら歩いていると、メガネをかけた男子生徒がプリントを差し出してきたかと思うと、

「クラスを確認して受付してくださ──」

　……目の前でそのメガネの彼が吹っ飛ばされた。

　代わりに、女の先輩たちがどぅわーっと集まってきて、

「これどうぞ───！」

「これ受け取ってください！」

「きゃっ……！」

　今度は私が吹っ飛ばされた。

　ええっ!?　いったい何事!?

　あっという間に伊緒くんの周りは、プリントを持った女の先輩であふれ返る。

「クラス表の紙です、どうぞ！」

「私の受け取って〜！」

　プリントを配る係の女の先輩は、みんな伊緒くんに渡したいみたい。

　伊緒くんに群がる状況は、もうカオス。

　持ちきれない量のプリントが、伊緒くんをのみ込んでいく。

　そんなの1枚でいいじゃん！

　まだプリントをもらってない新入生がここにいますけど〜！

　だけど私には誰ひとり目もくれずに、「どこ中出身？」「部活はもう決めてるの？」って質問攻め。

　いや、ほんとにすごいな、伊緒くん……。

　ある意味感心しながらぼけーっとその光景を見ていると、

「ど、どうぞ」

　さっき吹っ飛ばされた男子生徒が、メガネを直しながらプリントを渡してくれた。

「ありがとうございます」

　吹っ飛ばされた者どうし、なんか気まずい。

　へへへっと苦笑いを返して、プリントを見る。

「うわー、すっごいいっぱい……」

　1組から12組まであるから、自分の名前を探すのにひと苦労。

　えーっと……。

「あった！」

　1年5組に自分の名前を見つけて、次に探すのは、伊緒くんの名前。

　伊緒くんと同じクラスになれるかなれないかで、私の1年の運命が大きく変わるんだから。

　一緒だったら天国。なれなかったら地獄。

　この日のために、お母さんのお手伝いもいっぱいして、トイレ掃除もして、徳を積んできたんだから。

　神様、お願いっ！

　バクバク鳴る心臓を抱えながら、目を皿のようにして必死に伊緒くんの名前を探す。

「葉山葉山……うそ……ない……」

　がーん。

　5組に伊緒くんの名前はなかった。

　全部で12クラスもあるから、同じクラスになれる確率はものすごーく低いのはわかってたけど。

「ほら、行くぞ」

　落ち込む私を促す伊緒くんの手には、プリントの山。

　もちろん、全部同じやつ。

「す、すごいね」

　感心しちゃう。

　モテ方、異次元。

　なのに、伊緒くんは涼しい顔。

　とまどった様子もなくて、ただちょっとだけ疲れた顔をしている。

「伊緒くん、クラス分け見た？　同じクラスになれなかったね……」

　しょんぼりして言う。

　伊緒くんも、少しはさみしいって思ってくれたりする？

　だって私たち、中学は3年間奇跡的に同じクラスだった

んだし。

　伊緒くんだって……。

「は？　バカなの？」

　ううっ。

　こんな入学式というハレの日にまで毒舌が飛んでくるとは。

　しかも、全然残念そうじゃないし。

「伊緒くんひどいっ……」

　涙目になりかけた私に、立て続けにありえない言葉が届いた。

「同じクラスになれるわけないじゃん。俺特進クラスなんだから」

「えっ、と、とく……？」

　なんですか、それ。

　頭の中にハテナが行進する。

　伊緒くんはプリントに目をやって「1組か」とつぶやく。

　プリントをよく見ると、特進クラスは1〜3組、普通クラスは4〜12組と書いてあった。

「ほ、ほんとだ……！　って、伊緒くんが特進クラスなんて聞いてない！」

　初耳なんですけどおっ!?

「モモと俺が同じなわけないじゃん」

　そりゃあ、中学の成績がオール5で、バスケ部の部長で、生徒会長までやっていた伊緒くんと私のレベルが違うのは知ってるけど。

「違うコースがあるなんて知らなかったよぉぉぉ」

「通う高校の仕組みくらい調べるでしょ、普通」

「ううっ」

「じゃあ、どうしてモモのネクタイは赤なの？」

　伊緒くんが、私の胸元のネクタイを、ピンとはじいた。

　触れられて、胸がどきんと跳ねる。

「えっとお……女子、だから……？」

　ドキドキしながら言うと。

　伊緒くんのきれいな指が、私のあご先をつかんだ。

　──ドクンッ。

　こ、これは。

　少女漫画で見た『あごクイ』を彷彿とさせるようなシチュエーションで、今朝みたいに心臓が暴れだす。

　こんな公衆の面前で……！

　伊緒くんてば、ダイタン！

「ふーん、じゃああの子見て」

　甘いセリフとは程遠く、そのまま顔を右に45度ふられた。

　わっ。

　首がボキッていったよ、ボキッて！

　も〜、強引なんだからあ！

　あごクイされるの？ってドキドキした自分がバカみたい。

「あれ？」

　私は首を傾げた。

　だって、母親と一緒に門をくぐってきた女の子が、青い

ネクタイをしていたから。

「あれあれ？」

　そして、こっちの男の子のネクタイは赤。

「どういうこと？」

　周りを見ながら焦る私をおもしろそうに笑う伊緒くん。

「早くタネあかししてよ！」

「タネって、手品かよ」

　モモは考えるってことを知らないんだから、なんてまた言いながら、整った顔が知的に輝く。

「特進クラスは青、普通クラスは赤。はい、これがタネあかし」

　あっけなく明かされたタネに、私唖然。

　そして納得。

「し、知らなかった。男子が青で女子が赤なのかと思ってた……」

　放心状態で息を吐く。

　行き交う生徒を見ると、たしかに男女関係なく青いネクタイの人もいるし、赤いネクタイの人もいた。

　そんなことで色分けされていたとは！

　男女の違いで色分けしていると思ってたときには気にならなかったのに、今は違う色なのが悲しい。

　そして、青いネクタイをしている女の子がうらやましい。

「ほんとモモって、抜けてるよね」

　ククク……と笑う伊緒くん。

　学力別のクラスがあったなんて、完全に盲点。

　同じ高校だからって、完全に油断してた。

　そうだよね。

　秀才の伊緒くんと私が同じわけないよね。

　はあああ……がっくり肩を落とす。

　これから先３年間、伊緒くんとは同じクラスになれない
んだ。

　そう思ったら、バラ色のはずの高校生活が一気にくすん
で見えた。

「あ、美雪ちゃーん！」

　そのとき私は、中学からの親友、鳥海美雪ちゃんを発見
して大声で呼んだ。

　美雪ちゃんはぱっと目を輝かせて手を振りながら走って
くる。

「桃〜、同じクラスなんて奇跡だよ〜」

　くすみかけた高校生活の唯一の光。それは美雪ちゃんと
同じクラスになれたこと。

「ほんとだよ〜」

　両手を広げた美雪ちゃんの胸の中に飛び込んで、私たち
は抱き合った。

　のんびり屋な私をいつもリードしてくれる頼れるお姉さ
ん的存在。

　背が高くてモデル体型の美雪ちゃんには、２年付き合っ
てる彼氏がいるんだ。

　彼氏とは高校は離れちゃったけど、美雪ちゃんは溺愛さ
れてるから心配はなさそう。

「あ、葉山がにらんでるから離すわ」

　そう言って、美雪ちゃんが私の体を離した。

「？」

　美雪ちゃんの言っている意味がよくわからない。

　伊緒くんを見るけど、べつににらんでなんかいないよね？

　ヘンなこと言うなあ、美雪ちゃん。

「おはよう」

　そこに爽やかな笑顔で現れたのは、これまた同じ中学出身の、宇野 亮介くん。

「おっす」

「おはよー」

　トレードマークの黒い短髪が、ワックスで無造作にセットされている。

　中学のときはワックス禁止だったからなんだか新鮮だけど、すごく似合ってる。

　育ちのよさそうな顔をしていて、伊緒くんとは違い、乱暴な言葉遣いも聞いたことがない。

　身長も175センチくらいはあるみたいで、中学のときには伊緒くんの次にカッコいいって言われてた。

　そんなふたりが並んで歩いたら……！

　それはご想像におまかせします！

「おはよう、鈴里さん」

　私が挨拶を返さなかったからか、わざわざ私に向けてもう一度声をかけてくる。

「……お、おはよう……」

　私は一気に警戒モード。

　……それは、宇野くんこそが、私のライバルだと思っているから。

　伊緒くんと宇野くんはすごく仲が良いんだけど、じつは伊緒くんの好きな人は宇野くんじゃないかと思ってるんだ。

　宇野くんと話しているときは、いつも笑顔だし、楽しそうだし。私に向ける毒舌なんて聞いたことないもん。

　女の子に興味がないなら男の子……そしたら、相手は宇野くんしかいないと思ってるの。

「あーーーー！」

　そして、私はあることに気づいちゃったんだ。

「どうしたの、鈴里さん」

　いつものように警戒心丸出しの私に、苦笑いする宇野くん。私がいつもこんな態度なことに慣れっこの彼は、自然に尋ねてきた。

「も、もしかして宇野くんはっ……特進クラス……？」

　だって、ネクタイの色が青だったんだもん。

　慌ててクラス分けのプリントを見ると、伊緒くんと同じ1組。

　くぅぅぅぅ……。宇野くんに負けた……っ。

「そうだよ。伊緒、同じクラスでよかったな」

「ああ、亮介がいてよかったわ」

　がっくりうなだれる私の前で、肩を組むふたり。

　伊緒くん、宇野くんと一緒のクラスで嬉しさが隠しきれてないよ。

　そんな伊緒くんを見ていたら、胸がキリキリ痛んだ。

　好きな人が幸せそうなのは嬉しいけど……。

　宇野くんに彼女がいないのももしかして……！

「どーしたの？　百面相して」

　伊緒くんが、私のほっぺをむにゅーっと左右に引っ張る。

「いたたたっ！　ひ、秘密だよっ」

　言えるわけないよ。

　伊緒くんにとって、それこそ秘密にしたいことかもしれないし。

　──なのに。

「ふーん。モモのくせに俺に秘密ごとなんて生意気」

「いいいい、伊緒くん!?　み、みんな見てるって……！」

　ここ家じゃないのに。

「いいよ、見せつけてやれば」

　耳に息を吹きかけるようにささやかれて、体がゾクゾクする。

　伊緒くん!?

　美雪ちゃんはニヤニヤしてるし、宇野くんはやれやれって顔をしてる。

　ペットと遊ぶのは家だけにしてっ……！

「み、美雪ちゃん教室に行こっ！」

　私は伊緒くんの腕をすり抜けて昇降口まで走っていった。

伊緒くんはみんなのもの

　教室にカバンを置くと、すぐに体育館に移動して、入学式が始まった。

　入学式では校長先生や、お偉いさん方のながーい……じゃなくて、ありがたい話を聞いてたら眠たくなってきちゃったよ。

　どうしてこう、式典て、ひとりひとりの話が長いんだろう。

　でもしゃべってる本人は長いって気づいてないんだろうなあ。

　ふわぁ……あくびをかみ殺す。

　早く終わらないかな。

　まぶたが閉じかけたそのときだった。

「新入生代表、葉山伊緒」

　一気に目が覚めた。

「はい」

　耳になじみすぎた声が体育館に響き渡る。

　1組の座る1列目の真ん中あたりからすくっと立ち上がった人。

　それは、後ろ姿でも間違うことなんてない……伊緒くん。

　新入生代表ってあれだよね。

　入試で一番成績がよかった人。つまり首席。

　……さすが伊緒くん！

　背筋をピシッと伸ばして堂々と壇上まで歩く姿ですら
様になっていて、すでにざわざわとどよめきが起こってい
る。

　そして。

　壇上についた伊緒くんがパッと顔をあげたとき、それは
歓声へと変わった。

「きゃあっ……！」

「カッコいいっ!!」

　体育館全体に、うねりが立つようにそんな声が広がって
いく。

　うわあ……なにこの芸能人がサプライズでやってきたと
きみたいな反応。

　生徒だけじゃなく、保護者たちの席もざわついているよ。

　これだけの人数が一気に伊緒くんを見たら、こうなるの
は当然だよね。

「静かに！」

　慌ててマイクを通した司会の先生の声で、ようやくざわ
めきはおさまった。

　それでも女子のみんなはまだソワソワしてる。

『あたたかな、春の日差しが──』

　壇上で、新入生代表の挨拶を始める伊緒くん。

　ていうか、聞いてないんですけど！

　特進クラスだったことにもびっくりなのに、新入生代表
とか。

　もう、伊緒くんってば秘密主義なんだから。

「えー」とか「あのー」とか言っていた来賓の人たちとは違って、聞き取りやすくはっきりしゃべる伊緒くんの挨拶はいつだって聞きほれちゃう。

巻物みたいな紙を広げているのに、全部暗記しているのか視線を落とすことはない。

まっすぐ前を見て堂々と。

さっきまでは、生徒たちも半分くらいはぼーっとしてたのに、今はみんな前のめり。

しかも、全女子の目がハートになってるじゃない！

頬を紅潮させている子もいれば、口をポカンと開けている子も。

ううっ……。

芸能人レベルのカッコいい人が同じ学校にいるなんて、テンションあがるよね。

反対に私のテンションは一気に下降。

『感謝の気持ちを忘れずに――』

……だって。

伊緒くんの挨拶を聞きながら、私は下を向いた。

みんなに知られるのは時間の問題だと思ってたけど、たった一日でみんなに見つかっちゃうなんて。

しかも、全校生徒に。

伊緒くんが、どんどん遠くに行っちゃう。

そんなの耐えられないっ……。

『新入生代表、1年1組葉山伊緒』

　一度もかむことなくしっかり締めると、今日のどの祝辞よりも一番大きい拍手が沸き起こった。

　あ、終わった……。

　むくり、と顔をあげると、壇上にはもう伊緒くんの姿はなかった。

　自分の席に座る伊緒くんのミルクティー色の髪が、ひときわ輝いて見えた。

　――ゾロゾロゾロ……。

　入学式が終わって、人波に乗って教室まで戻る。

　目の前には、周りより頭ひとつぶんとび抜けたミルクティー色。

　それを見つめながら歩く私。

　ただでさえ目立つのに、中学に入った途端ぐんぐん身長が伸びちゃって。今では180センチを超えている。

　伊緒くんのお母さんが言ってた。『伊緒ってば、お水代わりに牛乳飲むのよ』って。

　牧場でも経営してないと家が破産しちゃうわ～なんて笑ってたっけ。

　歩きながら、だんだん列が崩れていく。

　あれっ!?

　伊緒くんは!?

　見失った！と一生懸命首を左右に振って探すと。

　いた。

　いつの間にか、伊緒くんの周りは女の子であふれ返って

いた。

　みんな頬を上気させながら、伊緒くんをうっとり見つめてる。

　伊緒くんはどんな顔してるかわかんない。

　そんな中、積極的に伊緒くんに話しかけている女の子を発見。

　漫画に出てくるようなぐりんぐりんに巻かれた髪の毛。

　膝上に仕立てたスカートからすらりと伸びる脚。

　雰囲気だけでもじゅうぶん可愛いのに、チラリと見える横顔は、メイクもバッチリですごく可愛い女の子だった。

　甘く高い声は、ここまでよく響いてくる。

「どこ中出身？」

「彼女はいるの？」

　ネクタイは青。特進クラスの子だ。

　それだけで、負けたって思う。

　伊緒くんだって、こんなドジでおバカな私よりも、知的な子と話してたほうが楽しいよね。

　しゅん。

「桃〜どこいくの？　５組はここだよ」

　どこまでもついていこうとすると、美雪ちゃんに腕を引っ張られて。

「あーっ……」

　私と伊緒くんは引き裂かれてしまう。

　追跡終了。

「またぼーっとして」

「ご、ごめん」

　いつだってしっかり者の美雪ちゃん。

　私のことまでちゃんと見てくれてる。

　いつも感謝だなあ。

　髪の毛ぐりんぐりん巻き女子は要注意人物。

　心のメモに書き込んで教室に入ろうとしたとき……。

　グッと後ろに引っ張られる感じがして、足が止まった。

「……っ！」

　え？　え？

「ちょーーーーっとストップストップ!!」

「いたたたっ……」

　うしろ髪を引かれるっていうのを、地で体験する。

　そのまま顔を後ろに向ければ、私の髪の毛がびよーんとなにかに引っ張られていた。

「わっ！」

　その先は、男の子のブレザーのボタン。

　どうやら私の髪の毛が絡まっちゃったみたい。

「こ、ごめんなさい」

　入学式の日から、なにやってんの私……。

　顔を傾けながら謝ると、その男の子は私の髪が引っ張られないように距離を詰めてくれる。

「痛いでしょ？　大丈夫？」

　そのせいで、男の子の胸元に頬がぴったりついてしまう。

「ちょっと待ってて、今取るから」

　やだっ、どうしよう。

　身動きが取れないから、離れるわけにもいかないし。

　恥ずかしやら痛いやら、どうしていいかわかんないよっ。

「んー、結構手ごわいなあ」

　男の子は頑張ってくれてるみたいだけど、なかなか取れない。

「あのっ、髪切っちゃって大丈夫です。美雪ちゃん、ハサミ──」

　ある？って聞こうとしたら。

「だめだよ。女の子の髪を切るなんて」

「で、でも……」

「女の子の髪はなでるためにあるんだから」

　なんて言うから、言葉が喉の奥に消えた。

　うわあ……。

　そういうこと言っちゃうんだ。

　聞いてるこっちが恥ずかしくなっちゃうよ。

「待ってて。必ずほどくから」

「は、はい……」

　私が悪いのに、手間をかけさせちゃって申し訳ないなあ。

　入口のところでこんなことしているから、行き交う人にジロジロ見られてちょっぴり気まずい。

　美雪ちゃんは、近くで心配そうに見守ってくれてる。

　そのままおとなしく待っていると、すっと髪の引っ掛かりがなくなった。

「ほら、取れた！　傷んでなくてよかった」

「ありがとうございます。ほんとだ……」

　どれだけぐちゃぐちゃになってるんだろうって思ったのに、髪の毛はほぼ無傷。

　手ぐしで整えると、他の髪となじんでもうわかんない。

　器用な人だなあ。

「すごく髪の毛きれいだね。俺、髪の毛がきれいな子って好き」

　えっ……。

　私、思わず硬直。

　好き、とかそんなにさらっと口にする？

　私の髪の毛がきれいだって言われたわけで。

　好き……って、やっぱりそれって、私に向かって言われてる……？

「俺、真柴善。よろしくー」

　整理できない頭であれこれ考えていると、彼は陽気に挨拶してきた。

「わ、私は鈴里桃です……」

　悶々としてたのは私だけで、彼はさらっと流したからほっとする。

　今、愛の告白されたのかと思っちゃったよ……。

　こういうの慣れてないから、まともなリアクションするところだった……！

　こんなの真に受けたらおかしいよね。

「桃ちゃん？　なんかおいしそうな名前だなあ」

「あはは」

　そんな風に言われたの初めて。

　さっきから、すごくストレートな言葉を口に出す人だなあ。

　まあ、「ももか」とか「ももこ」じゃなくて、桃そのものだもんね。

　彼も5組だったようで、そのまま話しながら教室に入ると。

「なんだ、隣じゃん」

　彼が座ったのは隣の席だった。

「ほんとだ……」

「よろしくね、桃ちゃん」

　人懐っこそうな笑顔を見せる彼のネクタイは、ゆるーく結ばれていて、さっき私の髪が絡まったブレザーのボタンは全開。

　その風貌、まるで新入生じゃない。

「俺のことも、善でいいよ」

「えっ」

「だって、俺だけ桃ちゃん呼びして、桃ちゃんが真柴くんなんて、すっげー他人行儀じゃん。これから1年間同じクラスなんだし仲良くしよーよ」

　まるで、捨て犬みたいな瞳で私を見つめてくる。

「あっ、えっとお……」

　伊緒くん以外の男の子を名前で呼んだことがないし、なんとなく抵抗があるっていうか……。

「桃ってことは、やっぱり一番好きな果物は桃なの？」

　言い渋っていると、またさらっと話題を変えてきた。

　……いそがしい人だな。

　これもよくされる定番質問。

　特に初対面の人は、振りやすい話題なんだと思う。

「うん、って言いたいところなんだけど、一番好きな果物はさくらんぼなの」

　はじける食感と、あの甘さがたまらないの。

　ぷりっとしてて、見た目も可愛いよね。

「俺も好きだよ、さくらんぼ」

「だよねっ！」

　共感してくれて嬉しい！

　伊緒くんは、"桃"が一番好きだっていうの。

　私だって桃なのに、果物の桃に嫉妬しちゃう。

「ちなみに、俺はチェリーボーイじゃないけどね」

　口角を上げてにやりと笑う真柴くん。

「チェリー……ボーイ？」

　なんだろう、それ？

　あたらしい品種かなにか？

　こてん、と首を傾げると。

「はっ、はははは」

　お腹を抱えて笑われた。

　えっ。

　チェリーボーイってのを知らないの、そんなに恥ずかしいことだった!?

　そう思ったら、急に顔が熱くなってきちゃった。

「真っ赤になってる桃ちゃんかわいー」

　ずいっと身を乗り出して、私の顔をのぞき込んでくる。

　か、可愛い!?

　それって私に形容されるべき言葉じゃないのでは……！

　恥ずかしくて両手をほっぺに当てて覆い隠す。

　真柴くんて、目が相当悪いみたい。

「い、いやっ、そんなことは……」

　この返し、合ってるかな？

　伊緒くんだったら、なに真に受けてんの？って突っ込むに決まってる。

　思わずあたりをキョロキョロ見ちゃうけど、特進クラスの伊緒くんがここにいるはずもなくて。

　それはそれで悲しい……。

　これから1年、伊緒くんのいないクラスで頑張らなくちゃいけないんだ。

　違う！　3年間だ……。

「はぁ……」

　ため息が出ちゃう。

「なに百面相してんの？　そんなとこも可愛い」

「へっ!?」

　また言われた！

　そんは真柴くんは、頬杖を突きながらニコニコしてる。

　視線を感じて周りを見ると、他の女子がヒソヒソ言い合いながら、こっちを見ていた。

　まるで、伊緒くんと私が一緒にいるときみたいな反応だ。

　真柴くんも、きっとモテるんだろうなあ。

　やがて、担任の先生が入ってきて私は前を向いた。

　チェリーボーイを知らないと恥ずかしいみたいだから、
あとで伊緒くんに聞こう。

　わからないことは伊緒くんに聞く。

　これ、私の中での鉄則なんだ。

　伊緒くんに知らないことなんてないもんね。

伊緒くんのお仕置き

　学校が終わると、美雪ちゃんとハンバーガーショップで昼食を食べながらたくさんおしゃべりして帰った。

　美雪ちゃんと話していると、あっという間に時間が過ぎちゃうんだよね。

　たくさん恋バナが聞けて、私も胸キュンチャージ！

　理想の恋愛話を聞くと、それだけで満たされるし、私も頑張ろうって気持ちがわいてくるんだ。

　ルンルンで家に帰ると、まだ制服を着たままの伊緒くんがリビングで本を読んでいた。

　インテリな雰囲気がだだもれで、しばし見とれてしまう。見飽きるなんてこと絶対にない。いつまでも見てられる。

　はあ……カッコいい。

　首席でアイドルみたいな伊緒くんと一緒に住んでるなんて、幸せすぎてバチがあたりそう。

「そんなに気配消しながら立たれてもこわいんだけど」

　──ビクッ！

　本に目を落としながら言われて、肩が思いっきり跳ね上がった。

「び、びっくりしたあ」

　気づいてたの!?

「それ、こっちのセリフだよね」

　パタンと本を閉じた伊緒くんが、こっちに視線を向けた。

　だ、だよねっ。

「ご、ごめんね。真剣に読んでるからジャマしちゃいけないかと……」

　私はへへへっと笑いながらリビングへ入って、ソファの上にカバンを置いた。

　テーブルの上には、入学式のときに見たあの巻物が。

「そうだ、伊緒くんが新入生の挨拶するなんて聞いてなかったよー！」

　びっくりしちゃったーって言いながら、すとん、とソファに腰を下ろせば。

「言ってないし」

　うっ……。相変わらずの塩対応。

　でもめげない。

「さすが伊緒くんだね。しかもあんなに長い話をかまずに言えるなんて私にはできないよ！」

「だろうねー」

　めげない……っ。

「れ、練習もしないであんなにスラスラしゃべれるなんてすごいなー」

「いや、家でいっぱい練習してたよ。部屋で何度も」

「そうなの？　……ああっ！　あれか！」

　思い出した。

　ここ数日、隣り合っている伊緒くんの部屋からぶつぶつ声が聞こえてきていたんだ。だけど、

「お経でも読んでるのかと思ってた……」

「お経？　さすがにまだそういう趣味はないよ」

「だ、だよね、へへっ」

「てかさ、モモ。入学式どこを見てたの？」

「へ？　どこって？」

「ずっと下向いてたよね。俺が挨拶してる間」

　うっそ！　伊緒くん、私に気づいてたの？

　思いがけないことを言われて、背筋がピンと伸びる。

　あんなに大勢の人がいる中で、私を見つけてくれていたとは……じんわりと嬉しさが侵食していく私に、

「校長から、話を聞く態度が悪い生徒をチェックして報告するように言われたんだよね」

　あ、そういうことか。

　伊緒くんが私を探してくれるとか、あるわけないもんね。

　浮ついた気持ちにそっと蓋をする。

「ちなみに、モモは今、その対象の筆頭にいるよ」

「ええっ、うそおっ!?　それだけはやめてぇ！」

　入学早々目をつけられちゃったら大変！

　両手を顔の前ですりすりして目の前の伊緒くんをおがむ。

　慌てる私を見てふっと笑みを浮かべた伊緒くんは、立ち上がり私のほうへ歩み寄ってきた。

　私の隣に距離をつめて座る伊緒くん。

　ソファがギュギュッと音を立てて沈み込む。

「い、伊緒、くん？」

　呼びかけにふっと顔をこっちに振れば、整った伊緒くん

の顔面が私の目の前にどアップで映る。

　傾いたオレンジ色の陽が入ったリビング。

　ほんのり影を帯びた伊緒くんの顔は、それはもう切り取って額縁に入れて飾りたいくらい美しくて。

「どーしてほしい？」

　その口から放たれるのは、やっぱりイジワルな言葉。

　私の髪の毛を指先でくるくるもてあそびながら。

　どうしてほしい、なんて。

　私に選択権を与えてくれるの……？

「ほ、報告しないでほしい……っ」

　そこは長年のつき合いっていうコネで、もみ消してください！

　ドキドキしながら告げると、あっさり首を縦に振る伊緒くん。

「いいよ」

「ほ、ほんと？」

「その代わり、お仕置きが必要になるけどね」

　お仕置き？

　私、なにされちゃうの？

　床下に閉じ込められるとか、ご飯ぬきとか、あれこれお仕置きを想像していると。

「ひっ！」

　伊緒くんのやわらかい髪の毛が、首筋をなでてゾクゾクする。

　そして。ふーっと耳に息を吹きかけてきた。

「～～っ……」

　私、耳が弱いの。

　それを知ってる伊緒くんは、こうしてイジワルしてくるんだ。

　私にとっては、もうこれがれっきとしたお仕置きだ。

　座ってるのに、膝から崩れ落ちちゃいそうだもんっ。

　そのまま私の首に顔をうずめた伊緒くん。

　直後、チクッと耳の下あたりにかすかな痛みが走った。

　え？

　伊緒くん、いま、なにしたの……？

　その理由も聞けないまま、私は魂が抜かれちゃったみたいにソファの背もたれに沈み込んだ。

モモにキスマーク【伊緒side】

鈴里桃。

俺の幼なじみ―――そして、好きな人。

つるつるでやわらかくて癖のないストレートの髪。

黒目がちの大きい瞳に、ぷっくりした唇。

高校生にしては童顔気味なその顔は、自分では全く気に入ってないみたいだが、超がつくほど可愛い。

もちろん、好きなのは顔だけじゃない。

見ていてハラハラする危なっかしいとこも、負けずぎらいですぐムキになるとこも。

耳が弱くて、少し触れるだけで甘ったるい可愛い声を出すとこも。

「いおっ……くん、今……なに、したの……っ？」

今だって。

閉じ込めた俺の腕の中で、真っ赤な顔をしているモモ。

お仕置きを口実に、モモの首筋につけたキスマーク。

小さな赤みを帯びたそれは、しばらく消えないだろう。

俺がこうする意味を、どうとらえているんだろう。

モモは超がつくほど鈍感だから、俺の気持ちにはこれっぽちも気づいてないんだろう。

……いいんだか、悪いんだか。

モモは、俺のことを男としては見てない。

その証拠に、俺と平気でふたりぐらしができるんだから。

　俺が毎日どんな気持ちでいるかわかってんの？

「……ナイショ」

　だから、このくらい許せよ。

　俺が１歳になる直前に生まれたモモは、ずっと俺のおもちゃだった。

　覚えてないが、いつも寝転がっているモモの隣にぴったりついて離れなかったらしい。

　モモが初めてしゃべった言葉は、"伊緒"の『いー』

　モモの両親は『ママ』でも『パパ』でもなかったことにガッカリしたみたいだけど、のちにそれを聞かされたときの俺の気持ちっていったら。

　ニヤニヤが止まんねえよな。

　それからモモはずっと『いーくんいーくん』と、言いながら俺のあとを追っかけてばかりいた。

　そんな俺の、たったひとつの後悔。

　髪をなでるふりをして、覆われている髪の毛をかき分けておでこからチラリとのぞくそれを目にして。

　俺の胸が鈍い音を立てる。

　あのときの記憶が鮮明によみがえってくる。

「……っ！」

　慌てて前髪を真ん中に寄せるモモ。

「そうだっ、洗濯物冷たくなっちゃう！」

　わざと思い出したように言うと、俺をすり抜けてパタパタと階段を上っていった。

「はあーーーー……」

　俺は、モモのぬくもりの残るソファに、力なく埋もれた。

　俺がもうすぐ2歳になるころ。

　いつも行く近所の公園に、母親に連れてこられて遊んでいた俺たち。

『モモー、こっちおいでー』

『いーくん、いーくん』

　幼少期の1歳違いはデカい。

　特に俺は平均をはるかに超す身長があり、同い年のくせに、当時は2歳違いじゃないかってくらいの差があったらしい。

　いつも俺のあとを追いかけてきてくれるのが嬉しくて、今日も走るのを覚えたばかりのモモが、余裕で走れる俺のあとを一生懸命追いかけていたときのこと。

　ブランコのそばを通った俺は、勢いでブランコの鎖を握ってしまい。

　激しく揺れたブランコ。

『モモーおいでー』

　モモも、俺のたどったあとを追いかけてきていて。

　振り返ったときには、揺れたブランコの座面が、モモのおでこを直撃していた。

　——ガンッ……!!

　あのときの鈍い音は、まだ耳の奥にこびりついている。

『桃っ!』

　悲痛な叫び声で駆け寄ったモモの母親の声と、大声で泣

きだしたモモの声も。

　すぐに病院へ行ったが、おでこには痕の残る傷ができてしまった。

　これが、俺の一番古い記憶。

　あまりにも強烈すぎて、色、においまでも、はっきり覚えている。

　毎日毎日、モモのおでこの傷が消えますようにって祈るしかできなかった。

　モモの家族は、俺のせいではないと言ってくれた。

　それでも責任を感じる俺に、

『前髪で隠れるんだし、そんなに気にしないでね』

　モモの母親はそう言ってくれたが、モモを見るたびにおでこの傷が気になって、いつしかモモのおでこを確認するのが癖になっていた。

　近づく理由をつけては、モモに触れて。

　10歳を過ぎても、前髪をあげればわかる傷は残っていた。

　俺は、モモの親に宣言した。

『大きくなっても傷が残ってたら、俺が責任取る』

　だって、顔に傷があったら、嫁に行けないかもしれないんだろ？

『あら〜、伊緒くんなら大歓迎よ〜。もちろん、責任なんてことは抜きでね』

　なんて茶化すおばさんだったけど、それは俺に気を使わせないためだろう。

　大切な娘の顔に傷をつけた俺のことを、本当は恨んでい

るかもしれない。

　モモだって……消えない傷を作った俺のことを恨んでる
のかもしれない。

　けれど、モモは『伊緒くん伊緒くんっ』と、変わらず俺
にほほ笑みかけてくれている。

　俺がこっそり傷の確認をしていること、モモはわかって
るだろう。

　けど、今みたいになにも言わない。

　お互い、わかってて言葉にしないんだ。

翌日。
「今日もおいしそう〜」

　目をつむって味噌汁の香りを楽しむモモ。

　料理するのは全く苦じゃない。

　モモが喜んでおいしそうに食べてくれたらそれでいい。

「わ〜、ほんとにおいしい〜、伊緒くん天才神様〜」

　普段からよくしゃべるモモは、味噌汁をすすりながら今
日も舌好調。

　どうせ俺は、なんでもできるお兄ちゃんとしか思われて
ないんだろう。

　昔から、あれこれ世話を焼きすぎたのがいけなかったの
かもしれない。

　朝食が終わり。

　もう家を出る時間なのに、支度に時間がかかってまだ下
りてこないモモを階段下から呼ぶ。

「モモー、遅刻するぞー」

　同じところへ行くんだ。

　もちろんこれからも一緒に登校するつもり。

「待って～」

　なににそんなに時間がかかっているのか、2階からは部屋を動き回る足音が聞こえてくる。

　朝からあわただしいやつ……。

　ま、同じ高校に通えることになってよかった。

　俺は玄関のドアにもたれかかりながら、数か月前のことを思い出した。

　なにをするのもいつも一緒で、中学まで同じ学校に通い、まるで双子のように育った俺らだったけど、大きな分かれ道がやってきた。

　俺らの学力に差があったからだ。

　有名進学校へ進むように担任からは言われたが、中堅校の藤代高校が人集めのために設立した特進クラスへ進学することに決めた。

　そこなら、普通クラスでモモも合格できそうだったからだ。

　一緒に高校のパンフレットを見て、それとなくモモを誘導して……。

『校舎きれい～、制服可愛い～、この学食おいしそ～』

　きれいなもの、可愛いもの、おいしいもの。

　その3点セットがあればモモが喜ぶことは知っている。

『決めた！　私ここ受験する！』

　モモをその気にさせるなんて俺には簡単なんだよ。

　そして、見事一緒に合格した。

　俺は、特進クラスだけど……。

　普通クラスになれるように調整して受験したつもりだったが、入試の点数がある一定の基準点を超えていれば特進クラスになってしまう。

　そして、やはり特進クラスに振り分けられてしまった。

　ある意味、俺の受験は失敗だ。

「お待たせ〜」

　転がるように階段を駆け下りてくるモモ。

「え？」

　俺は思わず真顔になった。

「なにか？」

「なにその髪」

「ど、どうかな」

　少し頬を上気させながら恥じらうモモは、髪に手を当てた。

　いつもきれいなストレートの毛先が巻かれていた。

　髪が巻かれているだけで雰囲気がグンと女らしくなっていて、思わず息をのむが。

「なに色気づいてんの？」

　そんな可愛い姿を学校の男どもにさらすとか、俺が許すとでも思ってんの？

「……っ！　そんな言い方……！　べつに、そんなつもりじゃ……」

モモは、しょんぼりした顔で毛先を触る。

はー、マジかんべん。

こんな可愛いモモ、他の男が見ると思ったらそれだけで気が狂いそう。

イライラしている俺に、泣きそうになりながら訴(うった)えてくるモモ。

「だって、クラスの女の子たちみんなおしゃれで、私ただでさえ童顔だから少しでも女子力あげたいなあって……」

しかもその上目遣い、どこで覚えたんだよ……。

うるんだ黒目で見つめられ、俺はパッと視線をそらした。

まだ朝だっていうのに、刺激が強すぎる。

「モモには似合わない」

「……伊緒くん」

モモはおしゃれなんて覚えなくていいんだよ。

ずっと俺の手の中にいればいいのに……。

「伊緒くん、毒舌すぎるよ……」

だって、モモは毒舌な男が好きなんだろ？

小学5年生のとき。

女子の間で爆発的に人気が出た『毒舌執事(しつじ)』という漫画があった。

アニメにもなり、俺もたまに見ていた。

主人公の『シュン』という男が、毒舌でなんだかいけ好かない。

　こんなやつのどこがカッコいいんだ？

　女ってわかんねーってのが正直な感想。

　アニメが放送された翌日は、教室内では『毒舌執事』の話題で持ち切り。

『桃ちゃんもシュンくん好き？』

『うん、大好き！』

　……へー。

　モモもあんな男が好きなのかよ。

　2次元の男を好きだなんて言ってることがショックだった。

　それなりに、バレンタインデーはチョコを渡してくる女子がたくさんいたし、キャーキャー騒がれてた。

　なのに、いくら待ってもモモが俺に好きだと言ってくることはなくて。

　毒舌男に負けた……。

　これが、人生初の挫折（ざせつ）だったかもしれない。

　俺は、モモの部屋に遊びに行くふりをしながら、本棚に並べられた『毒舌執事』を片っ端から読み漁った。

　そして、俺は決めた。

　モモの好きな男に近づいてやろうって。

　そしたら、モモも俺になびいてくれるんじゃないかって。

　主人公の口癖は「は？」「だから？」「それで？」

　俺もこっそり漫画を買って真似（まね）をした。

『伊緒くんて、なんだか最近、毒舌執事のシュンくんみたいだね』

　モモからも太鼓判をもらい。

　それ以来、俺はキャラ変してクールに振る舞うようになり、もうすっかり自分でもなじんでしまった。

「もういいよ。行こ」

　靴も履かずに突っ立っているモモの手を引いて、靴を履かせる。

「……うん」

　家を出て、鍵を閉める。

　まだ真新しい、指定の黒いローファーで門を出る俺とモモ。

　制服が変わっても、こうして並んで同じ学校に登校できるのは幸せだ。

「今日の夕飯は、ハヤシライス」

　そう言うと、一気に笑顔になるモモ。

「ほんと？　嬉し〜」

　今決めた。

　モモの好物はハヤシライス。

　そう言えば、笑顔になってくれると知っていたから。

　『今泣いたカラスがもう笑う』って、モモのためにあるような言葉だよな。

　俺は『シュン』にはなりきれない。

　やっぱりモモには甘くなる。

「そうだ、伊緒くんアメ食べる？」

　機嫌の直ったモモがブレザーに手を突っ込み、満面の笑顔で俺に渡してきたもの。

　チラッと横目で見ると、モモが大好きなさくらんぼ味の
アメだった。
「いらね」
　朝から甘いもんとか……即座に断ると、
「そっか……いらないよね……」
　って、またすぐしょんぼりした顔をするから。
「やっぱいる」
　その手からアメを奪った瞬間、ひまわりが咲いたように
笑うモモ。
　この顔に弱い俺。
　口元を手で覆って、見られないようにガードした。
　包みを開いてアメを口に放り込むと、香料のきつさに顔
をゆがめた。
　……これ、あんまり好きじゃないんだよな。
　でも、モモが悲しむから本当のことは言えない。
「どお？　おいしい？」
　うまいって言ったら罪悪感を覚えそうで、軽くうなずく
だけの俺。
　アメを舌の上で転がしていると、
「そうだ！　ねえ伊緒くん、チェリーボーイって意味知っ
てる？」
「……んがっ……んっ……！」
　まだ半分以上残っていた塊が、ひゅっとのどの奥に入っ
ていった。
　あまりに動揺しすぎて。

「伊緒くんっ、大丈夫!?」

　モモが俺のうしろに回り込み、背中をトントンたたいてくる。

　どこでそんな卑猥(ひわい)な言葉覚えてきたんだよ!!

「ゴホッゴホッ!」

　大丈夫じゃないのはお前だよ!

「モモ、どこでそんな言葉覚えたの」

「えっと、昨日クラスの男の子が言ってて……」

　はあ?

　普通クラス、ろくでもねえ。

　俺の目が届かないって、想像以上にキケンだ。

「今すぐ忘れろ。記憶から消去して」

「へ?」

　こてんと首を傾げるモモは、なにもわかってない。

「モモはそんなこと知らなくていーの」

「もー!　また子供扱いしてー」

　だって、じゅうぶん子供じゃん?

　俺から見たら、幼稚園児と大人くらい差があるよ。

「じゃあこれは教えて?」

「なに?」

　パタパタと走り寄るモモは、俺の耳元に口を寄せて言った。

「伊緒くんは、チェリーボーイ?」

　またこてん、と顔を傾けて。

「なっ……!」

　だーかーらー。

　そういうこと、その顔で聞いてくんなっつの！

「どうしたの？　伊緒くん、顔赤いよ？」

「見んな」

　いつもはモモに合わせているペースも、今は構ってらんねえ。

　モモから離れるように、スタスタ進む。

「待ってよ～」

　あのときから、モモを置いていくことだけはしないようにって決めていたのに。

　モモが悪いんだからな！

　つうか、どこのどいつだよ！

　モモにヘンなこと吹き込んだのは!!

　同じ学校だから大丈夫って考えが甘かったもしれない。

　これから３年間同じクラスになれないことを思うと、頭が痛くてしかたない。

　髪が揺れるたびに、首筋からかすかにのぞくキスマーク。

　そのキスマーク効果で、モモに悪い虫がつかないように祈るしかなかった。

LOVE♡2

伊緒くんの嫉妬

「おっはよ〜」

　教室に入ると真柴くんはもう来ていて、自分の席から手をひらひら振ってきた。

「お、おはよう……」

　こういう軽いノリにはまだ慣れなくて、おどおどしてしまう。

　中学にはこういう雰囲気の人はいなかったし、ちょっと気おくれしちゃうんだ。

　カバンからペンケースなどを取り出しながら教室内を見渡すけど、美雪ちゃんはまだ来てない。

　入学式の次の日だし、クラスにグループの輪はできていなくて、席が前後の人としゃべっている人が多かった。

　新しい友達、作らないとね！

　前の席の女の子に話しかけてみようかな。

「あの……」

「あれーっ？　モモちゃん、昨日となんか雰囲気違くない？」

　伸ばした手と私の声は、横から飛んできた真柴くんの声にかき消されてしまった。

　もう〜っ……！

　タイミング悪〜っ。

　真柴くんも私になんて構ってないで、男の子のところへ

行けばいいのに。

　中学３年のクラスは、男女が仲良いってわけでもなかったから、私はあんまり男子と話す機会はなかった。

　あっ、伊緒くんは特別ね。

　だから、あんまり男子に絡まれるのは得意じゃないんだよね……。

「あ〜……」

　そのうち、前の前の子が後ろを振り返って、前の子とおしゃべりを始めてしまった。

　出遅れちゃった……。

「あっ、髪巻いたんだ。昨日はストレートだったもんな。そんで俺のここに絡まったんだよねー」

　私の葛藤には気づかず、ヘラッと笑って指さすブレザーのボタンは今日も全開。

　今、髪の毛のことを言われても、傷を蒸し返されるだけなんだけどな。

　巻き髪、伊緒くんにダメ出しされたから。

「すごい可愛いじゃん」

「……私には似合わないって」

　伊緒くんの言葉を思い出して、ちょっぴり悲しくなった。

　伊緒くんに見てほしくて、伊緒くんに可愛いって言われたくて頑張ったのに。

「誰が言ったの、そんなこと」

「……っ！」

　——ゆらり。

　髪の毛が揺れたことに気づいて顔をあげれば、真柴くんが私の髪をすくっていた。

　びっくりして、私は固まる。

「こんなに可愛いのに」

「ちょっ……」

　男の子に髪を触られるなんてありえなくて、思わず体を後ろにのけぞらせた。

　そんな私の行動にふふっと軽く笑う。

　昨日も思ったけど、真柴くんてすっごく女の子に慣れてるよね。

　これは彼女のひとりやふたり、いや３人くらいいるんじゃないかな。

「もしかして、彼氏？」

「……っ！」

「図星だー」

　そう言って、子供みたいにクシャっと顔を崩して嬉しそうな顔をする。

「か、彼氏じゃないよっ」

　真柴くんから逃げるように、体をななめ反対側に向ける。

「じゃあ、好きな人？」

「…………」

　なんて言えばいいかわかんなくて黙っちゃったけど、そうですって言ってるようなものだよね。

　うー。

　私って、うそをつくのがほんとへた。

「可愛いのに、素直に可愛いって言ってくれない人のどこがいいの？」

「伊緒くんはそんなんじゃっ……」

　はっ。

　慌てて口をふさいだ。

　思わず反論しちゃったけど。

　伊緒くんとか言っちゃって……恥ずかしいっ。

「ふーん。そんな風に思われてる"伊緒くん"がうらやましいなあ」

「いやっ、だからっ」

「そんな男やめて、俺にしない？」

「えっ」

「俺だったら、桃ちゃんにそんな顔させないのになあ」

　って、どう反応したらいいかわかんないよっ。

　美雪ちゃ〜ん、早く来て〜！

「おっ？」

　すると、真柴くんの視線が私の耳の下へ。

「それ、伊緒くんにつけられたの？」

「それ？」

　真柴くんの視線の先に手を当てるけど、なんのことを言われているかわからない。

「へー……気づかれないうちにつけるなんて、伊緒くんは
策士だね」

　さくし？

　よくわかんないけど。

　伊緒くん、私になにしたんだろう。
「ちょっと、私の可愛い桃になにしてるの？」
　そこへようやく美雪ちゃんが登場。
「助かったぁ～」
　美雪ちゃん!!
　思わずガシッと美雪ちゃんの腰にしがみつくと、真柴くんは意味深に笑いながらどこかへ行ってしまった。

　お昼を終えて、学校探検をしようってことで校内をふらふらしている私と美雪ちゃん。
　1学年12クラスもあるし、私立だからそれなりに設備も充実していて、見ていておもしろいんだ。
　迷路みたいだし、ひとりだったら絶対に迷って戻ってこれない。
　そこは、しっかり者の美雪ちゃんと一緒だから安心！
　いろんな男の子が、チラチラ美雪ちゃんを横目で見て通り過ぎていく。
「ねねっ、美雪ちゃん、すっごい見られてるよ」
　美雪ちゃんは、華があるんだよね。
　親友としても誇らしい。
　隣の子は……きっと残念な子って思われてるんだろうなあ。
「私じゃなくて桃じゃないの～？」
「そんなことあるわけないじゃん。私なんて、今まで一回も告白されたことないし。美雪ちゃんだって知ってるで

しょー」

　そんなことあったら、真っ先に報告してるよ。

「そりゃあ、葉山っていうお目付け役がいたら桃に声なんかかけらんないわよ」

　美雪ちゃんは、ひとりでブツブツなにかを言っている。

「え？　なに？　よく聞こえない」

「いーのいーの、こっちの話！」

　って、はぐらかされちゃった。

「まあ、でも私が男だったら桃を放っておかないけどなー。桃ってすごく一生懸命だし、自分より周りの人のことを優先して心配したり。それに、なんだか放っておけない雰囲気があって守ってあげたい！って思わせるのよねえ」

「美雪ちゃん……」

　そんな風に思ってもらえるの、嬉しいなあ。

　それからまた少しグルグル回って、教室の前に戻ってきた。

　まだ昼休み終了まで少し時間があるし、1組のほうに行ってみちゃおうかな。

　伊緒くんのクラスの前を通過したいなーと思ってね。

　意味もなく、好きな人のクラスの前を通り過ぎて教室をのぞくとか楽しいよね。

　小学校のときも、よく伊緒くんのクラスをそうやってのぞいてたから。

　……けれど、

「待って待って」

　美雪ちゃんに、ブレザーの袖を引っ張られる。

　ん？と首を傾げた私に、美雪ちゃんから衝撃の事実が告げられた。

「この銀色の線から向こうには行っちゃいけないのよ」

「へ？」

「このつなぎ目は、新校舎と旧校舎をつないでるものなんだけど。普通クラスの子は向こうに行っちゃいけないってルールがあるらしいの」

　足元には、新校舎と旧校舎のつなぎ目を覆っている銀色のプレート。

「なにそれっ……」

　入学して初めて知ったけど、特進クラスと普通クラスとでは、結構扱いに差があるんだ。

　伊緒くんがパンフレットで見せてくれたきれいな校舎も、１年生で使えるのは特進クラスだけ。

　私の教室があるところは旧校舎だったから、そこまできれいじゃなかったっていう……。

　３年生になったら、みんな新校舎へ行けるらしいけど。

　１年生の普通クラスの子は新校舎にすら入れないなんて！

　……伊緒くんに騙された！

「あれ、葉山じゃない？」

「えっ、どこどこっ!?」

　美雪ちゃんが指さすほうを見れば。

　５時間目は教室移動なのか、ゾロゾロ出てきた人の波に

乗って、ひときわ目立つミルクティー色の頭を見つけた。

　顔は見えないけど、間違いない。

「相変わらずモテてるね〜」

　ううっ。

　伊緒くんの周りには、女の子がたくさん群がっていたんだ。

　しかも。

　またあの子！

　昨日と一緒で、髪をぐりんぐりんに巻いた女の子が伊緒くんの隣をしっかりキープしていたの。

「ほら、目に毒だから教室に入るよ」

　私は、美雪ちゃんに強制的に教室の中へ連れ戻された。

　入学してから10日が過ぎ、学校生活にもだいぶ慣れてきた。

　カナちゃんと柚ちゃんという新しい友達もできて、今は4人で行動している。

　入学式の日、伊緒くんが私の首にチクッとやったアレ。

　鏡で見てみたら、蚊に刺されたような赤い痕があって。

　真柴くんも、伊緒くんが策士だ……みたいなことを言ってたし、いったいなんなのかネットで調べてみたら。

　キスマークって書いてあってびっくりした……。

　しかも、普通は恋人につけるものらしくて。

　でも、伊緒くんは『お仕置き』って言ってたよね？

　お仕置きでキスマークとやらをつけるのって、どういう

ことなんだろう……。

　でも、伊緒くんに聞くに聞けないし、そのうち痕は消えて、うやむやになってしまった。

　お風呂上がり、タオルを肩にかけたままソファでのんびりテレビを見ていたら。

　私のあとにお風呂に入った伊緒くんが出てきて、ため息をこぼす。

「またそんな格好のままテレビ見て。早く髪の毛乾かさないと風邪ひくよ」

「うん、でもあとでいい。これおもしろいんだもん、あははは〜」

　ドライヤーするのって、ちょっと面倒なんだよね。

　歯磨きみたいに絶対にしなきゃいけないわけでもないし、ついつい後回しにしちゃうんだ。

　それに、少しでも自然乾燥してからドライヤーを当てたほうが時短になるもんね。

「だーめ。ほら、ここ来て」

　ドライヤーを手にした伊緒くんが絨毯の上に座り、自分の前の床をトントンとたたく。

　へっ？

「早く乾かさないと風邪ひくでしょ」

　それって、乾かしてくれるってこと!?

　しょうがないなーって顔をしながら、おいでおいでする伊緒くん。

「お願いしまーす」

　そうとなれば私はふたつ返事で伊緒くんの前に座った。

　伊緒くんに髪を乾かしてもらえるなんて、なんのご褒美<ruby>褒美<rt>ほうび</rt></ruby>だろう。

　伊緒くんは、手ぐしを通しながら優しく乾かしてくれる。

　美容院に行ったときみたい。

　ああ、いい気持ち。このまま寝ちゃいそう。

「ふわあ……」

　自然にまぶたが落ちてきちゃう。

「ドライヤーかけながら寝るやつがいるかよ……」

　こつんと頭を小突かれて、パチッと目を開けた。

「この大音量で寝れるってどんだけだよ」

　伊緒くんは呆れたように言うけど。

　伊緒くんに触られてるだけで気持ちいいんだもん。

　もう、本能だ。

「モモ、新しいクラスはどう？　慣れた？」

　ドライヤーの機械音に交じって、聞こえてくる伊緒くんの声。

「うん、楽しいよ！　カナちゃんと柚ちゃんって新しい友達もできたの」

「ああ、あの子たちね」

「えっ!?」

　まるで知っているような口ぶりに、振り返ろうとしたら

「前向いて」と体を戻される。

「この間、見かけたから」

　なんだ、声かけてくれたらよかったのに。

　クラスが違うと、なかなか学校内でも会う機会がなくてさみしいんだ。

　普通クラスの生徒は新校舎に足を踏み入れちゃいけないなんて暗黙のルールを聞いたし、教室の前を通過することだってできない。

「終わったよ」

　伊緒くんが、ドライヤーのスイッチを切る。

「ありがとう！」

　水分を含んで重かった髪が、一気に軽くなる。

　頭を左右に振ると、髪がサラサラと揺れた。

「モモの髪、いいにおい」

　伊緒くんが私の髪をすくい上げると、ふわっと香るフローラル。

「伊緒くんだって同じシャンプー使ってるよ」

　お風呂場には１種類しかシャンプーないもん。

　伊緒くんの髪から、私と同じにおいがするのすっごい嬉しいんだ。

「モモの髪からにおってるからいい匂いなの」

「……っ」

　それは……どういう意味？

　そんなこと言われたらドキドキしちゃうよ。

　すると、伊緒くんは私の髪に顔をうずめた。

「わっ、くすぐったいよっ……」

「いーからジッとしてて」

　こ、これは。

　猫吸いと同じ意味を持つのかな？

　モフモフのネコちゃんのお腹に顔をうずめてスーハースーハーするやつ。

　私はペット同然なので、扱い方は間違ってないと思う、けど。

　背後から抱きつくような姿勢のまま、髪に顔をうずめられたら。

　私、どうしてればいい!?

「あっ、そういえばね。入学式の日に、私の髪の毛が真柴くんのブレザーのボタンに絡まっちゃって大変だったんだ。でも丁寧にとってくれたから髪は傷まずにすんだの」

　無言がさらにドキドキを加速させるから、私はあのときのことを話したんだけど。

「は？」

「えっ……」

　話してる最中に、いきなり冷たい声でさえぎられたら何事かと思う。

「なんだって？」

「え？　だから、髪の毛が絡まっちゃったけど傷まなかったよって」

「その前」

「えっとぉ……ブレザーのボタンに……」

「もーっと前」

「……入学式の日に、真柴くんの、」

「はいストーップ」

　指を顔の前にピシッと突きつけられた。

　うっ……。

　な、なにか私ヘンなことでも……？

「誰そいつ」

　そいつ……？

　あっ。

「真柴善くん、クラスの男の子だよ！」

「……フルネームとか聞いてねーし」

　チッ……って、横に舌打ちを飛ばす伊緒くんは、それこそドラマの不良役に出てきそうなくらい様になってる。

　カッコいい……って、違う違う！

　なんでそんなに機嫌が悪そうなの？

「ずいぶん楽しくやってんじゃないの？　普通クラス」

「うん……まあ、楽しいけど……」

　───ギロッ。

　伊緒くんの鋭い眼光が飛んできて、ひぃって肩があがる。

　さっきは楽しいって言ったら、ニコニコして聞いてくれてたのに。

　私が楽しいと伊緒くんに不都合でもあるの？

「そいつと俺、どっちがいい男？」

「えっ……」

「ねえ」

「……ひゃっ」

　耳元でささやかれて、体中にゾクゾクとヘンな痺れが

走った。

「早く答えないと……」

　　──カプッ。

「んあっ……」

　耳を優しくかまれて、ヘンな声が出ちゃう。

「伊緒くんまっ……」

　体をよじりながら抵抗しても、伊緒くんは耳をかんだま
ま離してくれない。

「どっち」

　執拗（しつよう）に耳を攻められて、出せるはずの声も出なくなる。

　伊緒くんってば……ほんとうにイジワル……っ。

「……んっ」

　恥ずかしくて言えっこない。

「ねえ……」

　妖艶（ようえん）にささやかれる。

　頭の中、くらくらしてくる……。

「……い……んっ……」

「なに、聞こえない」

　ほんとイジワル。

「い……ぉ……くん……っ」

「よくできました」

　ようやく解放された私の体。

「はあっ……ん、」

　なんだか疲れきって、100メートル走したあとみたいに、
ぐったりしちゃう。

　ふにゃふにゃと脱力した私を放置して。

　ひとり満足そうな伊緒くんは、何事もなかったかのように、ドライヤーを洗面所へ片付けに行った。

伊緒くんの抱き枕

「今日は1日ずっと晴れててよかった〜。久しぶりの洗濯日和だったよ〜」

　日曜日の今日は、すごくいいお天気で。

　張り切って、シーツやお布団のカバーを洗って干したりしてたんだ。

　次のお休みが晴れるとは限らないし、一気に洗って干して取り込んで……なんてことをしてたら、あっという間に1日が終わってしまった。

　そんな私を見て、伊緒くんは呆れたように笑った。

「女子高生のセリフとはとうてい思えないな」

　むー。またそういうこと言って。

「だって、1日家にいるときじゃないとお布団干せないんだよ?」

　主婦って大変、お母さんってすごいなって改めて思った。

「すごく充実してたなー」

　うーーーん、とソファで伸びをする私の正面では、

「それはよかったね」

　不服そうな伊緒くん。

　恨めしそうな目で私を見てくる。

「俺は不完全燃焼。いい天気なのに、どこにも行けなかった」

「……っ、だから伊緒くんは出掛けていいって言ったのに!」

「家のことやってるモモ置いて、俺だけ出掛けるわけには
いかないだろ」

　言葉とは裏腹に、やっぱり根は優しいんだから。

　そんな伊緒くんにきゅんとして。

「そういうとこ、大好きだなあ」

　思ったことを口にすれば。

「……っ！」

　目の前には、顔をひきつらせたまま固まっている伊緒く
ん。

　…………。

　ハッ!!

「あっ、ひひひひ、人として、だよっ!?!?」

　きゃーーーーー、うっかり告白しちゃうとこだった！

　私、なんてこと口走っちゃったんだろう。

　頭から噴火したみたいに全身一気に熱くなる。

「……だよね」

　ぼそぼそっと伊緒くんは言ったけど、それがほっとした
ように聞こえて地味に落ち込む。

　そうだよね。

　伊緒くんだって困るはず。私に告白されたら。

　めげちゃだめだめ。

「これも干せたし！」

　気を取り直して、長さが1メートルにもおよぶ、私の愛
用する抱き枕を頬にすりすりした。

　チンアナゴの抱き枕。

　小学5年生のときのサンタさん、もとい親からの贈り物。

　これ、カバーが外せて洗えるし、4年以上使ってるけどまだ現役。

　久々に庭に干せてよかった〜。

　ん〜、おひさまのいいにおい！

　今日は思う存分抱き締めて寝よう。

「それ、モモのベッドに昔からあるやつだよな。なんなの、そのヘンな生き物」

「ヘンじゃないよ。チンアナゴだよ！　私のチンちゃんを侮辱(ぶじょく)しないで！」

「チン……？」

「うん。チンちゃん」

　もらったときから名前をつけてかわいがってるの。

　名前をつけたほうが、なんでも愛着がわくよね？

「なに、そのネーミングセンス」

　なのに、今日も伊緒くんにバッサリ斬られる。

　やっぱり……。

　言われると思ったから、今まで伊緒くんの前では名前を公表してこなかったんだ。

　4年も頑張ったのに、うっかり言っちゃったよ〜。

　ここはもう開き直るしかない。

「可愛くない？」

　胸を張って言えば、さらに眉間(みけん)のシワを深める伊緒くん。

「てか、それ外で言わないほうがいいよ？」

「どうして？」

「モモのためだよ」

　はて。私は首を傾げる。

　一番言っちゃいけないのは、伊緒くんの前だと思ってたんだけど。

　とにかく。

「結婚しても、この子は持っていくんだ」

　ギューッと抱きしめて、頭をなでる。

「そんなの旦那が許さないんじゃない？」

「許してくれる旦那さんを見つけるもん」

　じーっと伊緒くんの目を見つめる。

　そんなの伊緒くんがいいに決まってるじゃん、って思いながら。

　伝われ伝われ〜〜〜って念を送ってみる。

「……それ、俺しかいねーだろ」

　すると、ぼそぼそっと伊緒くん。

「ん？　なんか言った？」

「……べーつに」

　念を送るのに必死でよく聞こえず聞き返したけど、はぐらかされちゃった。

　伊緒くんは少し口を尖らせながら、思いついたようにチンちゃんを指さす。

「俺も抱き枕ほしいな」

「え？　ほんと？」

　なになに？

　バカにしたようなこと言っておきながら、実はうらやま

しかったりしちゃってる？

「長さが155センチくらいあって」

「えっ、そんなに長いの？」

「重さは……そうだな、40キロくらいだな」

「ええっ、そんなに重いの!?」

　それはいくらなんでも……。

　チンちゃんだって、１キロもないはず。

「それ重すぎだよ！　あのね、抱き枕って、抱きながらゴロゴロ寝返りが打てるのがいいの。そんなに重かったら大変だよ！　ふふふっ」

　伊緒くんてば、おかしいの。

　笑いながら、私はチンちゃんを抱いて動かしてみる。

　そしてあることに気づく。

「155センチ40キロって、私とおんなじだーっ……って、あっ……」

　うわ〜。

　体重暴露しちゃうとか、私のバカバカッ！

　今のは忘れて忘れてっ！

　恥ずかしくって、顔をチンちゃんでかくす。

「へーそうなの？」

　ひらめいたような伊緒くんの声に、そっと顔をのぞかせれば。

「ちょうどいいや、じゃあ試させて？」

「へ？」

「抱き心地」

　リビングの絨毯の上にゴロンと寝転んで、「ほら」と手を伸ばしてくる伊緒くん。

　はい……？

　いつまでもつっ立ったままでいると、上半身を起こした伊緒くんが、私の腕をぐいっと引っ張った。

「うわあああっ……！」

　なだれ込むように、伊緒くんの隣に寝転がされて。

　そのままぎゅーっと抱きしめられてしまった。

「ちょ、伊緒くんっ……!?」

　な、なにが起こったの？

「抱き枕はだまってて」

　ううっ。

　そう。私は今、抱き枕……。

　目をぎゅっとつぶって、身を縮める。

　だけど、心臓ばっくばくでまともに息もできない。

「うんうん、いい感じだな」

　ブツブツつぶやきながら私をゴロゴロ動かす伊緒くんは、やがて、私の足に自分の足を絡めてきた。

　スカートから伸びた生足に、伊緒くんの足が直に当たる。

「ひやっ……」

　思わず声が出ちゃって、慌てて手で押さえた。

　抱き枕の使い方としては正しいよ！　足をのせると楽だもんね。

　ってそうじゃないよ～。

　肌と肌が触れ合って、心臓の音はどんどん早く大きく

なっていく。

　私、このまま抱かれ死にしちゃうかも!?

　それだけは絶対に困る！

　てか、抱かれ死になんてあるのかな？

　───ぐるん。

　そのとき、視界が反転した。一気に目の前が暗くなる。

　なにが起こったかというと。

　勢いをつけて私を抱き上げるから、伊緒くんのお腹の上にのっかっちゃったの！

　私の顔は伊緒くんの胸元にぴったりくっついていた。

　目の前には黒いTシャツ。

「!?」

　はっと顔をあげれば、私を見てニヤニヤしている伊緒くんと視線がぶつかる。

　あの、ちょっと、これはどういう状況で……。

　目をパチパチさせると。

「こうやって抱くのもアリだろ？」

　伊緒くんの低い声が、お腹の下から響いてくる。

　なんだか、すごいセリフを言われているような気がするんだけど……。

「あ、アリ、です……っ」

　そう。私は抱き枕……。

　私もよくチンちゃんをそうやって抱っこしてる。

　お腹の上にのっけるのも、包まれてる感があっていいんだ。

　ていうか、伊緒くん絶対楽しんでるよね！

「伊緒くんっ、もうほんっ……やめっ……」

　身動きできないまま、声で必死に抵抗する。

　笑ってるのか、お腹が上下して私がぼよんぼよん踊るように揺れる。

「おーしまいっ」

　心臓がいっぱいいっぱいのところで、私はポイッと離された。

　はあっ……助かった……っ。

　私は魂が抜けたようになりながら、ヘロヘロで起き上がる。

　そんな私に、伊緒くんのとどめの一言。

「やっぱ買うのやーめた」

　抱き心地、悪かったようです……。

モモと秘密の教室で【伊緒side】

「チンアナゴになりてー」

　昼休み。

　机に突っ伏してそう呟けば、軽口が頭上から落ちてきた。

「勉強のしすぎで、ついにおかしくなったか？」

　ははは一と軽く笑うのは、同じクラスの瑛人。

　アメリカからの帰国子女で、英語はペラペラ。

　イケメンで、金髪鼻ピアス。ヘソにもピアスが開いてるらしい。

　見た目を裏切らない明け透けな性格で、あっという間にクラスの中心人物だ。

　男子にはもちろん女子にもボディータッチが激しく、そういうのがウェルクムな女子からはさっそく言い寄られまくってるらしい。

　俺も……入学してから10人くらいにコクられたけど、もちろん答えはノー。

　モモしか見えてない俺になに言っても、右から左へ抜けるだけ。

　モモ以外の女は、みんな同じに見える。

　亮介に言ったら「重症だ」って。

　そりゃそうだろうよ。

　何年想ってると思ってんの？

　だったらコクればいいじゃんって話だけど、そこは親し

き中にも礼儀ありで。

　今まで兄妹みたいに気楽に接してた相手に好きだと言われたら、気持ち悪いって思われるんじゃないかとか、色々考えるわけで。

　勢いとかノリで言ったら絶対だめだと思うんだ。

　きっと、タイミングってものがあるはず。

　だから、それがやってくるまでは秘めておく。

　特進クラスは、少人数制を取り入れていて１クラス20人。

　平均偏差値が70超えのこのクラスはガリ勉だらけかと思ったが、そうでもなかった。

　将棋のアマチュアU-15で優勝したやつとか、数学オリンピックで上位の成績を収めたやつとか。

　異文化交流ができるのは悪くない。

　……モモがいないことをのぞけば。

「チンアナゴって、あの穴に埋まってにょきって出てくるやつだろ？」

「そーそー」

　瑛人に適当な相槌（あいづち）を打ちながら、脳裏にモモを描く。

　モモって、ほんと鈍感だよな。

　身長155センチ体重40キロの抱き枕なんてあると思ってんの？

　んなの、モモしかいねーじゃん。

　ほんとにわかんないの？

　いいんだか、悪いんだか。

「はあ……」

　毎日抱かれてるあの抱き枕に嫉妬してる俺。

　抱き枕なんていらねーよ。

　俺が抱きたいのはモモなんだから。

　——と。

　頬杖を突いた俺の目に映ったのは、スカートから伸びる脚。

　モモッ!?

　顔をあげると、モモには似ても似つかない女子がにこっと笑いかけてくる。

「今日カラオケ行かない?」

「おっ、いいね〜」

　答えたのは瑛人で、ルンルンと俺の肩を揺さぶってくる。

　女子もいろんなタイプのやつがいて、意外にもメイクバッチリでノリが軽い。

　『ディベートしましょう』なんて言われるよりかはよっぽどマシだけど。

　どっちにしたって俺は行くわけない。

「パス」

　ガタンッ、と席を立った。

「おーい、どこ行くんだよー」

「充電」

「はあ?　スマホ?」

　わけわかんないって顔の瑛人を置いて、俺は教室を出た。

　向かうのは、モモのクラス。

　モモが足りなくて死にそう。

　一緒に暮らし始めたせいで、余計にモモを欲するように
なってしまった。

　少しでもモモに会えないと落ち着かない。

　旧校舎へ一歩踏み入ると、途端に生徒の雰囲気も変わる
気がする。

　全く別の学校が同じところに存在してると言ってもいい
くらいの違いだ。

　特進クラスと普通クラスの生徒は普段校舎を行き来しな
いからか、珍しい物を見るような目で見られている。

　俺を見て「きゃっ！」と、廊下の壁に背をつけて直立し
てる女も。

　……なんだよ。

　俺、見せ物じゃないんだけど。

　５組の前のドアから様子をうかがうと、入口近くにモモ
を含めた４人の女子が楽しそうにしゃべっていた。

　耳に飛び込んできたのは、愛しいモモの声。

「ぶっぶー！」

　クイズでも出しているんだろうか。

　モモが得意げに、指でバッテンを作っている。

　やけに楽しそうだな。

　俺がいないクラスで楽しそうに過ごしてるのは微妙だけ
ど。

　ふわふわなその笑顔を見ている男どもがいないか目を走
らせる俺は、きっと怪しいやつだろう。

「えー、わかんないよ〜。チンアナゴでしょ？」

　……プッ、ここでも抱き枕の話してんのかよ。

　幼稚なやつ。

　けど、そんなモモはやっぱり可愛い。

　家でもめためたに甘やかしてやりたいのに、モモは毒舌な男が好きなんだろ？

　そんなことしたら、気持ち悪がられるだけなんだろうな。

「なになに〜、なんの話してんのー」

　……なんだあいつ？

　まるで瑛人みたいなチャラい風貌の男が、モモたちの輪に入って行ったのだ。

「今ね、桃の抱き枕の名前を当ててるの！」

「へー。桃ちゃん、抱き枕使ってんだ」

　はあああああっ!?

　モモちゃん、だと？

　どの口がそんな呼び方してんだよ。

　俺の知るところ、今までモモのことを『モモちゃん』呼びする男はひとりもいなかった。

　静かに怒りが込み上げてくる。

「どんな抱き枕なの？」

「えっとね、チンアナゴだよ！」

「うおおおお、なんかイメージできるわー」

　イメージすんな。

　あんな男に、モモがチンアナゴの抱き枕を抱いているところを想像させてたまるか！

　俺の気持ちもつゆ知らず、モモはニコニコしている。
「もうわかんないから教えて！」
　なかなか正解が出ずしびれを切らした友人に、いよいよモモが得意げに口を開く。
「正解はね、チンアナゴのチ……ふがっ……！」
　きゃっ……！という声と、浴びる視線。
　気づいたら、俺は教室に飛び込みモモの口を手でふさいでいた。
　とっさの出来事だった。
「えっ!?　なにっ!?」
　いきなり飛び込んだ俺を見て、ざわつく教室。
　男子も女子も、全員の視線が俺に集まっていた。
　けど構わねえ。
　くそデカい声で「チンアナゴのチンちゃん」なんて言ってみろよ……。
「正解は、チンアナゴのシロちゃんでした」
　俺は平静を装いニコッと笑い、
「モモ、ちょっと借りる」
　鳥海に告げ、モモの手を引っ張った。
「ええっ!?　ちがっ、シロちゃんじゃないよっ!?　なんでっ……」
「いーからいーから、行くよ」
　いつ握ってもちっさい手。
　きっと、目をつむっててもモモの手だってわかるだろう。もう何度握ったか数えきれない。

　いまだ「えっ」とか「わっ」とか声にならない声を発してるモモに構わず、突き進むのは新校舎。

「えっ、こっちは──」

「いーのいーの」

　モモがためらうのもわかる。

　普通クラスの人間は新校舎に足を踏み入れたらいけない、とかいうルールがあるらしいが、実際は誰かが言い始めた迷信で、そんな規則はない。

　まあ、あると言えば。

　──ガラッ。

　中に誰もいないのを確認してドアを開けたのは自習室。

　ここみたいに、特進クラスのやつだけが使える施設がたくさんあって。

　そこに大っぴらに立ち入らせないようにするための策とも言われている。

　室内に入れば、ついたてのある自習スペースが広がる。

　椅子も教室仕様ではなく、背もたれや高さも自由自在に動かせる疲れにくいもの。

　さらに奥に行けば、個室スペースもあり、俺はそこの扉を開いた。

　２畳くらいの狭い密室にふたりきり。

　モモを押し込め、キャスター付きの椅子に座らせた。

　ギシッと音を立てながら勢いよく座らされたモモは、頬を紅潮させながら俺を見上げる。

「言ったよね。学校で言わないほうがいいって」

　　いまだ驚き顔のモモに、よーく言い聞かせる。

「な、なにが？」

「チンアナゴの名前。学校で言うなら改名して」

　　あんなの、デカい声で言ってみろ。しかも男の前で。

「改名って……もう４年呼んでるから今さら無理だよ」

　　色っぽい唇を尖らせたってだーめ。

　　そんなの俺が許さない。

　　モモの顔の横に手を伸ばし、壁に手をつく。

　　ビクッと身を縮めたモモに向かって、前屈みで問いかける。

「もしかして、アイツが"マシバ"？」

「えっ」

「そうだろ」

　　確信したように言うと、俺の目を見ながら控えめにこくんとうなずくモモ。

　　はああ、やっぱり。

　　あいつかよ。

　　モモの髪に触れたり、名前で呼んだり。

　　とんでもない男だ。

「あいつには気をつけろよ？」

「どういうこと？」

　　なんにもわかってなくて純真無垢なモモ。

　　こてん、と首を傾げられれば、理性なんてあっという間に崩れそうになる。

　　理性を落ち着かせるように、ふーと息を吐いて。

「あいつ、モモのこと狙ってると思う」

　思う、じゃなくてアリよりのアリだろ。

「え？　狙ってるって……、ままま、まさか」

　ないないって手を振るモモだけど、同じ男としてわかるんだよ。

　今までは、俺が圧をかけてたからモモに言い寄る男はいなかった。

　けど、高校に入ったらそんなの通用しないし、俺だって別のクラスだし。

　こうなることは、わかってなかったわけじゃないけど。

　よりによってあんなチャラ男に狙われるなんて。

　どんだけ隙があんだよ……。

「い、伊緒くん……」

「ん？」

「ちょ、ちょっと、こ、この体勢……」

　顔を赤らめたモモは、目を泳がせている。

「なに？　なんか不満？」

「……っ、ドキドキしちゃうから……」

　なんで？

　俺と一緒にいてドキドキするって、それ期待していいってこと？

　……じゃあもっとドキドキしろよ。

　さらに顔を近づけると、モモの頬がどんどん赤くなっていくのがわかる。

　俺だって、モモとこんな狭い空間でくっついて理性を保

つのに精いっぱいなんだから。

　ちょっとくらいドキドキしててもらわないとな。

　そのまま距離が完全になくなったところで、ぎゅーっとモモを抱きしめる。

「ど、どうしたの？」

「……充電切れたから」

「え……？　スマホ……？」

　瑛人と同じこと言いやがって。

　わけがわかってないモモは、おとなしく俺に抱かれてる。

　俺好みの抱き枕なんてどこにも売ってるわけないじゃん。

　だから、モモは永遠に俺に抱かれてればいーの。

　このスペース、これからも時々充電に使わせてもらおう。

伊緒くんのおふざけ

　——次の日。

「さっき、廊下で葉山くん見かけたんだけど、今日もめちゃくちゃカッコよかった！」

「なに食べたらあんなイケメンに育つんだろう、謎すぎる！」

「食べ物は関係ないでしょ〜、あはは〜」

　今日も、休み時間は美雪ちゃん、カナちゃん、柚ちゃんとわいわいおしゃべり。

　会話には、結構な頻度で伊緒くんの名前が挙がるんだ。

　女の子が集まれば、カッコいい男の子の話が出るのは自然なことだよね。

　私が幼なじみだと知ったら、カナちゃんも柚ちゃんも「いいな〜」ってうらやましそうに言ってた。

　昨日も、突然教室に現れて連れ去られたあと、質問攻めですごかったな……。

　ほんとは彼女なんでしょっていう、疑惑を否定するのがどれだけ大変だったことか。

「てかさー、ほんとに彼女いたことないの？」

　信じられないって目で問いかけてくるカナちゃん。

　私は今まで何十回と聞かれて、何十回と答えた同じ言葉を口にする。

「いないよ」

「えーっ、あの顔面なら彼女作り放題だろうに」

　柚ちゃんのそんな言葉に、チクッと痛む胸。

　女の子が好きで、彼女をとっ替えひっ替えしてたほうがよかったのかな。

　そしたら、私にも望みがあるから……。

　でも、そんなタラシみたいな人は嫌だし！

　そう思って、納得する。

「今日はみんな、お弁当持ってこなかったよね」

　美雪ちゃんの問いかけに、私たち３人はにっこりうなずく。

　いつもは教室でお弁当を食べているけど、今日は学食に行ってみようってことになったの。

　学食も新校舎にあって、すごくきれいなんだって！

　今日は朝から楽しみだったんだ。

　そしてお昼休み。

　私たちは学食にやってきて。

「うわー、すごい」

「なにここ、めっちゃおしゃれじゃん！」

　口々に歓喜の声をあげた。

　だって、学食っていうイメージじゃなくて、どこかの高級レストランにでも来たかと思うくらい豪華だったから。

　白を基調として清潔感にあふれ、壁は一面ガラス窓になっていて、光がたっぷり降り注いでいる。

　外には木がたくさん植えられているから、緑が映えてと

てもいい眺め。

　ここが学校だってことを忘れて、のんびりお昼を楽しめ
そう。

　でも。

「激混みだね、席取れるかなあ」

　柚ちゃんの言うとおり、ぽつぽつと空いている席はある
ものの、４人が一緒に座れる席を探すのは難しそう。

　もっと早く来ないとだめみたい。

「また明日にする？」

「そうだね。今日は購買のパンで我慢しようか」

「そうしよう」

　みんなの意見がまとまって、学食を出ようとしたとき。

「桃ちゃん、こっちこっちー！」

　ん？

　私を呼ぶ声が聞こえ、声の主を探せば。

「あれ、真柴じゃん？」

　美雪ちゃんが指さす中央のほうで、真柴くんが立ち上
がって手を振っていた。

「空いてるんじゃない？　行ってみよ！」

　カナちゃんが目をキラッと光らせ、同時に走りだす。

　私たちもあとに続くと、ちょうど真柴くんの座っている
前の４人席に座っていた男子生徒が、もうすぐ食事を終え
るところで。

　私たちに気づき、急いで片付けて席を立ってくれた。

　なんか、せかしちゃったみたいで悪いなあ……。

「真柴くんありがとう！」

「今日はもうあきらめようって言ってたとこだったの」

　みんなで真柴くんに感謝。

　それから無事に注文を終えて、トレーを持って席に戻る。

　私はオムライスを頼んだんだ。

　ふわとろの卵が黄金色に光っていて、テンションがあがる。

　そういえば、まだ伊緒くんにオムライスを作ってもらったことないなあ。

　絶対においしいに決まってるよね。

　想像しただけで、顔がにやけてきちゃうよ。

　ふふっ、今度リクエストしてみよう。

「桃、そんなにオムライスが嬉しいの？」

「へっ？」

　隣では、美雪ちゃんがじーっと私を見ていた。

　わっ、やだ。恥ずかしいっ……。

「桃はオムライス大好物だもんね〜」

「う、うんっ」

　ほんとは伊緒くんのことを考えてたなんて言えない。

「わっ、卵ととろとろじゃん、おいしそう。私も今度それ頼もう」

「美雪ちゃんのパスタも色合いがきれいでおいしそう」

　春野菜のオイルパスタって書いてあって、私もそれにしようか迷ったけど、今日は大好物のオムライスを食べることにしたの。

　カナちゃんと柚ちゃんは、日替わり定食を頼んでいた。

　どれもクオリティーが学食レベルじゃなくて、こんな安価で食べられることに感動しちゃう。

　横並びだからみんなでワイワイは難しいけど、そろって「いただきます」をした。

「ん〜、おいしい〜」

　想像どおり。

　ふわふわで優しい味が口の中いっぱいに広がる。

　幸せだなあ。

　おいしくて、次から次へとパクパク口へ運んでいたんだけど。

　ふと視線を感じて顔をあげると——目の前で、真柴くんが頬杖を突きながらニコニコと私を見ていた。

「……っ！」

　やだっ。

「え、えっと……なにか」

　いつもは隣だけど、こうして正面から見られるとまた違った恥ずかしさがある。

　食べてるところをじっと見られてるのって、気まずいよね。

「桃ちゃんておいしそうに食べるなーと思って」

「う、うんっ……おいしいよ……？」

　おいしそうな顔って、どんな顔してたの？　私……。

　食い意地張ってるって思われてたりして。

　そうだったら恥ずかしいな。

「真柴くんこそ、早く食べなきゃ延びちゃうよ？」

　セットの半ラーメンがまだ手つかずのまま。

　一緒に来てた男子たちは、もう食べ終わりそう。

「だって、桃ちゃん見てるだけでお腹いっぱいになって」

「……っ!?」

　なにその現象。そんなことってある!?

　私は食べないとお腹いっぱいにならないよ??

「ふふっ、わかりやすーい」

　となりの美雪ちゃんは、小さい声で言いながらクスクス笑ってる。

　なにが……？

　首を傾げた私をやっぱりニコニコしながら見て、真柴くんは質問をぶつけてくる。

「桃ちゃんの一番好きな食べ物ってなに？」

「えっとぉ……」

　いっぱいあって一番を決めるのが難しいなあ。

　ちょっと天を仰いで考えていると……。

「……塩辛」

　えっ!?

　まるで私の代わりに答えたようなタイムリーな言葉が飛んできた。

「じゃあ、休みの日ってなにしてるの？」

　答えてないのに別の質問に変えられて、また考えていると。

「昼寝」

　また、タイムリーに飛んでくる言葉。

　はいいいいいいいっ!?

　真柴くんの視線は、私の右隣りへ。

　おそるおそる私も右を見ると。

「うわっ……!」

　思わずのけぞった。

　だって、そこには伊緒くんがいたんだもん!

　さっきまで別の女の子がいたはずなのに、いったいいつ
の間に!?

　最初からいました、みたいな顔をした伊緒くんが、腕を
組みながら椅子にふんぞり返って私を見ている。

「ち、違うよっ!」

　私、慌てて否定。

　なんで伊緒くんが答えるの!?

　さっきの塩辛も伊緒くん!?

「ちょ、ちょ、伊緒くんやめてっ……!」

　恥ずかしくて伊緒くんをたしなめるけど、聞いてくれる
どころか、

「ふっ……家では普段どんな格好してるの？」

「ジャージ」

　真柴くんが飛ばす質問に、間髪を入れずに答える伊緒く
ん。

　ちょ、ちょっと〜!

　そんなデタラメばっかり言わないでよ〜!

　伊緒くんと真柴くんを見て、オロオロする私。

「さ、次はどんな質問？」

　視線は真柴くんへ。もう答える気満々。

　なにこれ、どうしたらいいの〜。

「なるほど……"伊緒くん"ね」

　真柴くんは、なにかわかったという顔で小さく笑いながら私と伊緒くんを交互に見る。

　はっ！　そうだった。

　真柴くんにはバレてるんだった！

　私の好きな相手が伊緒くんだって。

　その、キ、キスマークをつけた相手も伊緒くんってこと。

「ふーん……そうやってなんでも知ってる風をアピールするなんて余裕ない証拠だよな」

「……勝手に言ってろよ」

　口角をあげている真柴くんとは対照的に、ニコリともしない伊緒くんは冷たい口調で言い放つ。

　な、なんだかピリピリした空気がただよってるのは気のせい？

　しかも、顔がいい人の真顔って、怖い……！

「ちょ、ちょっと〜穏やかじゃないわね〜」

　険悪なムードに、さすがの美雪ちゃんもオロオロしてる。

　カナちゃんたちも、何事かというように食べる手を止めて、こっちを見ている。

　っていうか、みんな伊緒くんに目をキラキラさせてる!?

　頬を赤らめた女の子たちが、遠巻きに伊緒くんを見てい

たんだ。

「伊緒、こんなとこにいたのかよ。教室戻るぞ」

　そのとき、テーブルの端から声をかけてきたのは宇野くん。

　わっ!!

　どうやら、伊緒くんはもう別の席でお昼を食べ終えていたみたい。

　……わざわざここへ座ったってこと？　なんのために？

　宇野くんの登場に、普通なら一気に警戒モードに入るところだけど今日は違う。

　早く伊緒くんを連れてって〜。

　この困った状況に、私はすがるような目で訴えると、その後ろから別の男の子がひょっこり顔を出した。

「わ〜、また可愛い子がいっぱいいる」

　カナちゃんや柚ちゃんに手を振って「どーもー」なんて声をかけている彼も、特進クラスの人なのかな？

　鼻にピアスをつけて、真柴くんと争えそうなくらい見た目チャラい男の子。

「あ、もしかして、キミが充電ちゃん？」

　言われて目が合ったのは、私。

　充電、ちゃん？

　ん？　どういう意味だろう。

「モモに気安く話しかけんじゃねーよ」

　伊緒くんが言うと、「おー怖っ」とおおげさに肩をすくめる鼻ピアスくん。

「ほら、早く！」

「わかったよ」

　宇野くんに再びせかされて、渋々立ち上がった伊緒くん。

　そして去り際、耳元でささやいた。

「帰ったら、お仕置きね」

　〜〜〜っ……！

　一気に、体中が熱くなる。

　お仕置きって……！

　な、なんで？　私がなにかした!?

　私は人知れず、熱が上昇していくほっぺたを両手で押さえた。

　今日の夕飯は、マーボー豆腐だった。

　チンジャオロースをリクエストしたんだけど、なぜか却下されちゃったんだ。

　伊緒くんには作れないものはなくて、いつもリクエストすれば必ず作ってくれるんだけど。

「だから希望どおり中華にしただろ」

「うん、ありがとう！」

　作ってくれるだけでありがたいから、本当はなんでもいいんだけどね。

　でも、献立を考えるのが大変っていうのはよくわかるから、なるべくなにか言うようにしている。

　お母さんも、『献立を考えるは大変なのよ〜』っていつも言ってたし。

「うわっ……すごい。これ、高級中華料理店の味だよ！」

　山椒の香りがほのかにして、あとからピリリとやって
くる辛さが絶妙。

　まさに本格中華って感じ！

「高級中華食ったことあるの？」

　うぅっ。

　するどいツッコミ。

「な、ないけどっ……！　そのくらいおいしいってことだ
よ！」

　とにかくおいしすぎて、白いご飯が進んじゃってどうし
ようもない。

　私、伊緒くんと一緒に暮らしてたらどんどん太っちゃう
かも。

「ごちそうさまー」

　伊緒くんからかなり遅れて食べ終わり、両手をそろえて
言って、席を立つ。

　あとかたづけは私の役目だから、お皿を重ねて流しへ運
ぼうとすると、

「そんなのいいから」

　グイッと腕を引っ張られた。

「ひゃっ、なに!?」

　どこに連れてかれるの？

　おっとっと……と足をもつれさせながらソファまで行っ
て、すとんと座らされる。

「お茶碗、水につけておかないと──」

「そんなのいいから。昼のこと、忘れたの？」

　整いすぎた顔が目の前に迫って、思わず息を止める。

　昼……って。

　もしかして、"お仕置き"？

　帰ってからなにも言われなかったから、忘れてるかと思ったのに。

「……ていうか、伊緒くんもなに？　いきなり会話に入ってきて、でたらめ言って」

　びっくりしちゃったよ。

　あのあと、全部訂正したけど。

「ふんっ、男の前であんな笑顔見せるモモが悪い」

「あんな笑顔……？」

「モモちゃんておいしそうに食べるなーと思って」

　声のトーンをあげて、いきなりキャラ変する伊緒くん。

　……それ、学食での真柴くんだ。

「伊緒くんいつからいたの!?」

「わりと最初から？」

「うそっ!?」

「モモちゃん見てるだけでお腹いっぱいになって」

　また。

「似てないし！」

「似ててたまるか」

　って、言いながら完全に真似してるよね？

　なんだか伊緒くん、真柴くんを目の敵（かたき）にしているような。

……なぜ？

「べ、べつに私は普通に食べてただけだもん！」

　そんな言いがかりをつける伊緒くんを振り切って、キッチンに行こうとしたのに。

「きゃっ！」

　再びソファに座らされて、がっちり肩を抱かれる。

　伊緒くんのサラサラの髪が、頬に当たってくすぐったい。

「モモの部屋着聞こうとする変態男なんて、鳥のフンでも落とされりゃいいよ」

「……っ、あ、あれはきっと、伊緒くんが答えるからおもしろくてあんなこと聞いたんだよ」

「なにのんきなこと言ってんの？　男なんてのはな、そういうこと聞いて想像する危ないやつばっかりなんだよ。いいか、よーく覚えておけ」

　そう言い切る伊緒くん。

　だったら……。

「……伊緒くんも？」

　伊緒くんの場合は、恋愛対象が女の子じゃないかもしれないけど。

「一緒にすんな！」

　むー。

　自分のことは棚にあげるんだから。

　……てことはー。

　伊緒くんも、宇野くんのあれこれ、想像したりするのかな……。

　そんなことを思いながら伊緒くんを見つめていると。

「なに、見とれちゃった？」

「……っ、ちがっ……！」

　どっちかっていったら、切ないこと考えてたし。

「だったらお仕置きしてあげるよ」

　いつもより甘い声が、耳元をくすぐる。

「んっ……」

　お仕置きって、してあげるものなの!?

　べつに望んでないのにっ。

　だけど私、耳弱いから……。

　全部の神経が耳に集中して、動けなくなっちゃう。

「ふふっ」

　それを見て、楽しむように笑う伊緒くんは、さらに
「ふーっ」と耳元に息を吹きかけてくる。

「んあっ……やめっ……」

　頭の中が真っ白になってふわふわしてくる。

　自分でもなにを言ってるのかよくわかんなくて、あうあ
うと、赤ちゃんみたいに喃語ばっかり出てきちゃう。

　それがおもしろいのか、伊緒くんの行為はエスカレート
して。

　伊緒くんの唇が耳たぶに触れて……パクッと挟んだ。

「〜〜〜っ……！」

　また噛んだ！

　思わず腰を浮かせて、体をくねらせちゃう。

「モモってほんとおもしろいよね」

　それを見て、おもしろそうに笑うイジワルな唇。

　また伊緒くんのペースに乗せられちゃったよ……。

　はぁはぁと切れる息を整える横で、涼しい顔をしてる伊緒くん。

　でもさ。

　よーく考えたら腑に落ちない。

「ねえ伊緒くん。百歩、千歩、いや一万歩ゆずって、真柴くんが私のことをその……好き、だとして、伊緒くんは困ることあるの？」

　って聞いてみた。

「はあっ!?」

　もちろん、私が好きなのは伊緒くんだから、誰に好きになってもらってもごめんなさいだけど。

　なぜか、顔が赤くなった伊緒くんは、

「そーゆーとこだよ」

　突然不機嫌になり、テレビのリモコンを手にしてピッとつけた。

　画面からは「わはは～」なんて大音量の笑い声が聞こえてきて、部屋の空気が一気に変わる。

　なんだろう。

　へーんなの。

　私は首を傾げながら洗い物を始めた。

伊緒くんと夜空

　翌日。

「昨日の葉山くん、めちゃくちゃおもしろかったよね〜。寝る前に思い出しちゃって、おかしくて寝れなくなっちゃったんだから」

　今日も朝から私たちの会話には、伊緒くんの名前が挙がる。

「クールそうな顔してるのにやってること可愛くて、ギャップ萌えでさらに好感度あがっちゃったよ〜」

「どこからどう見ても、葉山くんて桃のこと好きだよね？」

　カナちゃんのありえない言葉に、柚ちゃんが力強くうなずいた。

「うんうん、絶対そうだよ！」

「ないないないないのっ、ほんとにないんだってば！」

　だから、私も力強く否定。

　昨日の"学食事件"のせいで、私はみんなに冷やかされっぱなし。

　あんな大人げないことして、伊緒くんのプライドにキズがつくんじゃないかと心配している私をよそに、逆に萌えるっていうんだから不思議。

「いーのいーの、謙遜しなくて！」

　柚ちゃんが、はいはいって感じに私の肩に手をのせる。

　うー。

謙遜じゃなくて、ほんとのほんとなのに。

いくら違うって言っても、そんなわけないって聞く耳を持ってくれない。

「葉山は独占欲が半端ないからね」

美雪ちゃんまで……っ。

「やっぱり持つべきは幼なじみだよね～」

「イケメン幼なじみが欲しい人生だった！」

みんなカン違いしすぎだよ。

幼なじみとの恋愛は少女漫画では鉄板でも、それはフィクションだから。

私の人生はノンフィクションなので!!

お仕置きされてること言ったら、信じてもらえるかな？

だめだめっ。

それは伊緒くんの名誉のために黙っておこう。

「伊緒くん、久しぶりにここあがってみない？」

夜ご飯を食べて、お風呂もすませて。

伊緒くんと一緒に２階にあがってきたところで私が指さしたのは、廊下の上にあるロフト。

季節ものを置いてある、要は物置になっている場所。

すでにはしごを引っかけてルンルンな私とは反対に、伊緒くんは面倒くさそうな顔。

「えー」

「ほら、早く登ろう！」

あんまり乗り気じゃない伊緒くんをせかしながら、私も

はしごを登る。

　なんだかんだ、私の誘いに乗ってくれるところも大好き。

「いてっ！」

　あがって早々、天井に頭をぶつけた伊緒くん。

　顔をしかめながら頭をさすっている。

「大丈夫？」

「ここってこんなに狭かったっけ？」

　不思議そうにロフトのスペースを見回す。

　かれこれ３年はここへあがってないもんね。

「狭かったんじゃなくて、伊緒くんが大きくなったんだよ」

「モモのくせに、なにわかったようなこと言ってんだよっ」

　ピンッと指先で頭をはじかれた。

「いったーーーい」

　今度は私が頭を押さえる番。

　もう、伊緒くんてば！

　あぐらをかいて座った伊緒くんの隣に、私も膝を抱えて座った。

　目の前には長方形の窓があって、いつもより少し高い位置の空が目の前に広がっている。

　小さいころは、ここで伊緒くんとしょっちゅう遊んでた。秘密基地みたいで、いつもと同じことが特別に思えたりしたんだ。

　伊緒くんがお母さんに叱られたーってうちにやってきたときも、ここに伊緒くんをかくまってあげたっけ。

　そして、私もお母さんに怒られたんだけど。

　思い出がいっぱい詰まった特別な場所。

　私も結婚して一軒家を持つことになったら、絶対ロフトは欲しいなって思ってる。

「ここからよく天の川を探したよね」

　『今年は織姫と彦星は会えるかなあ』って、ドキドキしながら長方形の窓に頬を寄せ合って、空を見上げたの。

　伊緒くんも覚えてる？

「そういえばそうだな」

　同調してくれて、無意識にあがる頬。

　私、織姫と彦星の話が大好きなんだ。

　だって、ロマンチックじゃない？　年に一度しか会えないなんて。

　しかも、天の川が出ないと川を渡れない。

　だから、毎年七夕の天気はすごく気になった。

　実際に天の川を見るのは難しいけど、晴れたら織姫と彦星が会えたんだろうなあって、なんだかほっこりするの。

「今年の七夕も晴れるといいね」

　ウキウキしながら言ったら、伊緒くんはフッと鼻で笑って。

「でも織姫と彦星って、ふたりでいちゃいちゃしてばっかりで働かないから川で引き裂かれたんだろ？　美談にされているけど、痛いカップルだよな」

　その伝説は知っているけど痛いカップルなんて言わなくてもいいのに……！

「……なんでそんな夢のないこと言うの」

　むー、とむくれる私。
「夢なんて見てないで、もっと現実見たら？」
「え？」
「自分の心配でもしなよって言ってんの」
「どういう意味？」
「高校生にもなって、いまだ恋愛のひとつもしてないじゃん」
　ニヤリとあがる口角。
　私はカーッと全身が熱くなる。
「そっ、それはっ……！　いいいいい伊緒くんだって同じじゃん！」
　カミカミになりながら、伊緒くんを指す。
「俺？　俺は好きな人いるし」
　——!?
　頭の上に、おっきな隕石が落っこちてきたような衝撃を受けた。
　隕石が落っこちてきたことはないからわかんないけど、たぶんそんな感じ。
　頭が真っ白になって、一瞬なにもかも考えられなくなる。
　そんなはっきり言われたら……。
　頭に宇野くんの顔が浮かぶ。
　伊緒くんも今、宇野くんを思い浮かべてるの？
「なんだよ」
　私の反応がおもしろくなさそうな伊緒くん。
　もっと食いついてくるのと思ったのかな？

　だけど、私は知ってたもんね。

「べ、べつになんでもないっ……」

　膝を抱えたまま、さらに小さく丸くなった私に。

　伊緒くんが後頭部に手を入れてきて、髪をすくった。

　どきんっ。

　伊緒くん、なにするの。

　ドキドキし始めた私をよそに、優しい手つきで何度も同じしぐさを繰り返す。

　そのたびに、はらりと首元に髪が落ちてくすぐったい。

「モモの髪って、ほんとにサラサラだよな」

「そ、そうかな」

「うん、すっごくきれい」

　ドキドキドキドキ……。

　髪の毛を褒められるって、女の子からしたら結構誇らしいこと。

　……嬉しい。

　すると、伊緒くんはすくった髪に顔を近づけてきた。

　伊緒くんの吐息が首にかかって……。

「……んっ……」

　たまらず声が漏れたところで、伊緒くんの指が私の頬に移動してきた。

　冷たい指が、顔の輪郭に沿って上から下へ優しくツー……と落ちてくる。

「い、伊緒くん……？」

　その微妙な触れ具合が、体への刺激を強くして。

「……っ……んっあ」

　身をよじりたくなるのを我慢して、この体勢を維持するのに必死。

　やっとの思いで伊緒くんに目を向ければ、星空をバックに私を見つめている伊緒くんと視線がぶつかった。

　イジワルだけど、どこか優しい瞳……。

「モモの反応……たまらないね」

「……もうっ……」

　……そんな目で見つめられたら、カン違いしちゃうよ。

　だけど伊緒くんの好きな人は……。

　私、このまま伊緒くんを好きでいてもいいのかな……。

　それから……。

「ふわあ……」

　伊緒くんに寄りかかって夜空を見上げていたら、なんだか眠たくなってきちゃった。

　肩にペタンと頭をつけたら、すぐにまぶたが重くなる。

　これってもう、本能ってやつかも。

「ほんっと、どこでも寝るよな」

　どこでも、じゃないもん。

　伊緒くんの隣限定なんだけどな。

　心地よくて、なにより安心できるの。

　目の前にはきれいな夜空、隣には伊緒くん。

　こんな最高なシチュエーションで心地よくないわけなくて。

「ほんとに寝たし……ま、そんなとこが可愛いんだけど」
　なんて伊緒くんがつぶやいたときには、私はすでに夢の
中だった。

LOVE♡3

伊緒くんとテスト勉強

　高校生の本分は勉強で。

　嫌でもやってくるのが定期テスト。

「わかんないよ～」

　明日からテストだというのに、まだ基礎問題すら解けない私は大ピンチ。

　授業、ちゃんと聞いてるはずなんだけどなあ。

　教科書とにらめっこしながら、うーんうーんとうなっていると、正面からずいっと伊緒くんの頭が突き出てきた。

「わかんないの？」

「わっ、ごめんね、うるさかった？」

　一緒に勉強する？っていう伊緒くんの誘いで、リビングのテーブルで勉強してるんだけど。

　伊緒くんは頭がいいから、ひとりで集中して勉強したほうがよかったかも。

「どこ？」

　手を止めて教科書をのぞき込んでくる伊緒くんに、私はここぞとばかりにたずねる。

「えっとね、教科書の16ページなんだけど」

　こんなとこもわかんないの？って呆れられちゃうかなあと思いながら。

　ちょうど伊緒くんも数学をやっていたから、教科書をのぞき込んだんだけど。

「え？」

　なんだか見たことのない関数のグラフが載っていた。

「それ、数学？」

「うん」

「私のと違くない？」

「同じなわけないでしょ」

「へっ!?」

　当然のように言う伊緒くんに、私唖然。

「ど、どういうこと？」

「特進クラスと普通クラスの内容が同じなわけないよね」

　うそっ。

　そうだったの……？

　目をまん丸にして伊緒くんを見ちゃう。

　そうか……私と伊緒くん、そもそも習ってることすら違うんだ……。

　それから伊緒くんは、すごく丁寧に教えてくれた。

　伊緒くんて、すごく教え方が上手なんだ。

　なんだかんだ言って、こんなレベルの低い私でもわかるように教えてくれるの。

「伊緒くん、先生になったらいいよ」

「は？」

「だって、すごくわかりやすいんだもん」

「単純だな」

　伊緒くんは全く相手にしてくれないけど、すっごくオススメだよ。

　だけど、伊緒くんにはもっと日本を動かすすごいことを
してもらいたい気もするなあ。
「あ、できた！　ありがとう〜」
　教えてもらったとおりにやったら、さっきまでできな
かった問題がすらすら解けた。
「伊緒くん天才！」
「モモがわかるようになればそれでいいよ」
　なんてことなさそうな伊緒くん。
「いい点取って、来年伊緒くんと同じクラスになれるよう
に頑張るね！」
「俺が赤点取って、普通クラスに降格したほうが早いだろ
うな」
「もー、またそういうこと言うー。とにかく私は頑張るの！」
「はいはい、せいぜい頑張って。期待しないで待ってるよ」
「少しは期待してよ！」
　自信はないけど。
　少しでも伊緒くんに近づきたいんだ。

　それからまた、お互いの勉強に集中……していたんだけ
ど。
　集中力が途切れちゃって、息抜きに黙々とシャーペンを
走らせる伊緒くんを正面から眺める。
　好きな人のそばにいられるって、幸せ。
　カッコいいなあ。
　もちろん、好きになったのは顔がカッコいいからじゃな

いし、私にとって伊緒くんがイケメンなのはオマケみたいなもの。

　いつだって私のヒーローで、それは昔も今も変わらない。

　伊緒くんは、3月の終わりに生まれる予定で、私はさらに翌年の4月に生まれる予定だったから、本当は2学年違いのはずだった。

　それが、伊緒くんが4月。私が早まって3月になったことで、同学年になったというわけ。

「奇跡みたいだよね、ふふっ」

　彫刻みたいに整った顔が、ゆっくりあがる。

「またなんか妄想してんの？」

「ううん、そうじゃなくて。私たちが奇跡の同級生になれたことを、思い返してたの」

「モモはどう？　同級生じゃないほうがよかった？」

　そう言われて考えてみる。

　どっちにしても、家がお隣だから幼なじみにはなっていただろうし。

　2学年違いだったら、憧れのお兄さん的存在で見てたのかなあ。

「それも悪くないかも」

　イジワルされて悔しいのは、同級生だからで。

　年上だったら、逆に萌えてたかも、なんて。

「あっそ」

　伊緒くんは、シャーペンをくるくるっと器用に回し始めた。

　そうしてるとき、伊緒くんの機嫌はあんまりよくないことを知ってる。

　あれ？　なんか怒っちゃったかな？

「い、伊緒くんは？」

　だから聞いてみる。

　伊緒くんの答えはどっちかなって。

「そうだなー」

　天井を見ながらシャーペンをくるくる回す手を止めない。

「今のままでいいんじゃない？　モモのお世話、結構楽しいし全然問題ない」

　それって、同級生でよかったってことだよね？

　ちょっと皮肉られてるけど、少なくともうっとうしいとは思われてないっぽいから。

「ふふふっ」

　顔がにやけてきちゃうよ。

　やっぱり、同級生に生まれてこれてよかった。

　同級生じゃなかったら、きっとこんなに一緒にいられなかったはずだから。

「にやけてないでさっさとやるぞ」

　強制的に話は終わらされ、また問題と格闘することに。

　だけど私、やっぱり集中力がないみたい。

「あー疲れたー、ちょっとお昼寝したい」

　ぐーっと両手を上にあげて伸びをすると、また正面から皮肉な声が飛んでくる。

「疲れるほどやってる？」

「数字見てると眠くなってくるんだもん……ふわあ……」

「モモの場合、数字見てなくても眠いんだろ」

　　まあ……半分くらい合ってます。

　　午後の2時。絶好のお昼寝タイム。

　　——カックン……カックン……。

　　シャーペンを持ったまま、だんだん頭が落ちていく。

　　もうだめ……。

　　そのまま机に頭をつけて夢の中へ入った私に、

「お前、可愛すぎだろ」

　　——チュ。

　　そんなことをされてたなんて、私は全然知らなかった。

モモの手料理【伊緒side】

「はあー？　全然わかんね」

　俺の前で頭を抱える瑛人。

　テストが終わり、答案用紙を返却されて。

　休み時間に瑛人の間違った問題の解説をしている最中なのだが、

「なんでだよ。これでわかんなかったらこっちだってお手上げだ」

　全然理解しようとしない瑛人に呆れ、教科書を放り投げる。

「もっと優しく教えろよ。お前、絶対に教師向いてない」

「向いてるって言われたけど？」

「はあっ？　誰にだよっ、そいつ絶対おかしい──んぐっ」

　モモを侮辱する瑛人の口の両端を指で挟んで黙らせた。

「ひへっ、ははへっ！（いてっ、はなせっ！）」

　瑛人はタコみたいに唇を尖らせたまま机をバンバンたたく。

「ははは、やめてやれよ」

　それを見て穏やかに笑っている亮介。

　痛がってればいいよ。

　モモのこと、侮辱したんだから。

　ようやく手を離すと、わかった！って顔でまくしたてた。

「あの充電ちゃんだろ！　はーん、お前、あの子にだけは

優しくしてんだなっ」

　再び攻撃されないようにか、俺から少し距離を取って。

　なんとでも言えよ。

　実際そうだから否定できねえし。

　モモにはもちろんわかりやすく優しく教えてやってるよ。

　と、そこへ。

「ねえ、葉山くんはどっちがいいと思う〜？」

　甘たっるい声で呼ばれ、ぞわぞわと鳥肌が立つ。

　すぐそばには、ぐりんぐりんに髪を巻いた女子がいた。

　休み時間になるたびに、俺らのところにやってきては意味もない話を振ってくる集団がいるんだよな。

「夏の浴衣（ゆかた）を予約しようと思うんだけど、葉山くんはどういうのが好み？　可愛い系？　大人っぽい系？」

　ぐいぐいと押しつけてくる雑誌には、浴衣を着たモデルたちが紙面を飾っている。

　浴衣って、ずいぶん気が早いんじゃねえの？

　今まだ５月だけど。

「もしよかったら〜、一緒に夏祭りとかどうかな〜って」

　バッチリメイクで作り物みたいな目が俺を射抜く。

　……こわっ。

「俺は断然大人っぽい系！　これなんていいじゃん」

　代わりに答えた瑛人は、雑誌をのぞき込みながら真剣に考えているが、俺は全く興味がない。

　そもそも、一緒に夏祭りなんて行く気もないし。

　俺が一緒に行きたいのはモモだけ。

　盛り上がってる瑛人と女子を置いて、俺は亮介と教室を出た。

　やってきたのは、購買。

　自販機で飲み物を買い、壁に背をつけてのどを潤す。

　すると、いつの間に追いかけてきたのか、隣には瑛人。

「すげーな、お前の人気」

　すれ違うたびにきゃっきゃ言う女子を目で追って、俺の肩を揺さぶってくる。

「……べつに」

「興味なさそうなとこがまたカッコいい」

「お前に言われても嬉しくねえわ」

「誰に言われたら嬉しいわけ？　え？　え？」

　うるせえ男だな。

　瑛人を無視しながらドリンクを飲み続ける。

　──と。

「あ、あれ充電ちゃんじゃね？」

　瑛人が呼ぶ充電ちゃん、とはモモのことだ。

　そんな呼び方を認めたわけじゃないけど、自然と俺の目はモモを探す。

　俺の特技は、どんな人混みの中でもモモをさがせる。

　モモを見つけるときだけは視力が2.0になるんじゃないかって速さでモモをさがせる。

　入学式、壇上からも秒でモモを見つけたしな。

　挨拶のとき、ずっとモモを見ながらしゃべってたのに、

モモはずっと下向いてるし。

「よお」

　高鳴る心臓を押さえて声をかければ、

「え、伊緒くんっ!?」

　まるで10年ぶりの再会みたいに目を丸くするモモ。

　そんなに驚くこと?

　そして、隣にいる亮介に目をやって、一瞬身を引いた。

　モモって、亮介にだけはいつもやけに構えるんだよな。

　もしかしてモモは亮介が好き、とか……?

　モモの愛情表現がどういうものなのかわからないが、そうだったら、死ぬ……。

　でも、特別視していることは確かだ。

「伊緒くん、1位おめでとう!　すごかったね!」

　亮介を気にしつつ、モモは明るい声で言った。

「べつに、普通だよ」

　今日張り出されたテストの順位。

　俺は学年1位だった。

　まあ、こんなの当然と言えば当然だ。

　特進クラスといっても、俺のレベルにはまだまだ及ばないからな。

「なー、ほんとすげえわ」

　つかの間の俺たちの時間に割って入ってきたのは瑛人。

　うぜー。

　だから、いちいち突っ込んでくんなって。

「伊緒くんのおかげで、私もすごい点数よかったんだよ!」

「マジか、それはよかった」

　普通クラスも上位20位までは名前が張り出されていたが、もちろんモモの名前はない。

　それでも、モモが点がよかったって言うんだから、それでいいだろう。

　モモの頭をなでてやれば、満面の笑みで俺を見上げる。

「へへへっ」

　やべえ、可愛い、癒やされる。早く帰りてえ。

　帰って、モモにお仕置きだって言いながら耳にかぶりつきたい。

　……いい点取ったのにお仕置きはないか。

　我慢できずに俺も頬が緩みそうになったところで、瑛人が信じらんないって顔で俺を見ているのに気づき、慌てて真顔に戻す。

「へー……俺とはずいぶん扱いが違うな……」

　ぼそぼそとつぶやかれて。

　気まずさを感じながらドリンクを飲み干した。

「今日は、お祝いに私が伊緒くんのためにご飯を作るね！」

　帰ると、モモにそう言われた。

「えっ、マジで？」

　それって、喜んでいいのかわかんねえ。

　だって料理もろくにできないモモがお祝いで料理を作るなんて。

「なにがいい？」

　キラキラした目で俺を見つめてくるモモ。

「モモ……」

「え?」

　あっぶね。

　うっかり "モモ" ってリクエストするとこだった。

「じゃあ……ステーキ」

「ステーキ?」

「ああ、お祝いっていったらステーキだろ」

　これなら失敗しようがない。

　肉を焼くだけだ。

「わかった!　ステーキっていったら、ウシのお肉だよね」

「ぷっ、せめて牛肉って言ってくれる?　わかる?　牛肉」

　それすら怪しくて心配だ。

「わかるよ〜。もしわかんなくても、お店の人に聞けばいいもんね」

　間違ってもお店の人に「ウシの肉ください」って言うなよ。

　いや、モモなら言いかねないな。

　俺がついていくと言っても、ひとりで大丈夫と言い張るモモは、元気よく玄関を飛び出していった。

　そして、無事に帰ってきて、準備に取りかかるが。

　キッチンからは、ガッチャンガッチャンいろんな音が聞こえてくる。

　大丈夫かよ……。

　心配で様子を見に行こうとすると、「伊緒くんはあっち
に行ってて！」って追いやられるし。

　たかが肉を焼くだけでも、気が気じゃねえ……。

　そしてしばらくして。

「伊緒くんご飯できたよー」

　モモからご飯で呼ばれる日が来るとは。

「おー、うまそうじゃん」

　ちょっと焦げてるけど、合格でしょ。

　ちゃんと、付け合わせにじゃがいもとにんじんのバター
炒めが添えられている。

「へへへっ、スマホに頑張ってもらったよー」

　どうやら、スマホでレシピ検索したらしい。

「やればできんじゃん」

「でしょ？　これから、ご飯も分担制でいけるかもっ」

　それはどうだろうな。

　一応それには返事をせず、ナイフとフォークを手に取っ
た。

「いただきます」

　焼きかげんもちょうどいい。

　うっすら赤みが残っていてミディアムだ。

　──パク。モグモグ……モグ、モグ、モ……。

「えっ、どうしたの？」

　噛む口が止まった俺を心配そうに見つめるモモ。

　ジッと見つめる。

　あのさ、これ、もしかして……。

「あま……」

　そう口にすれば。

「ええっ!?」

　目の前のモモがものすごい速さでステーキをカットして、口へ放り込む。

「うっ……」

　顔をゆがめ、口を手で押さえた。

「砂糖だね」

「……だね……」

　塩と間違えて、砂糖を振ったらしい。

　こんな漫画みたいな初歩的ミス、普通する？

　狙ってもなかなかできないと思うんだけど。

　すごいよ、さすがモモだよ。

　ステーキ焼くのにどこにミスる要素があるの？と思ったけど、やっぱりモモだった。

　だけど、そんなモモも可愛くてしかたない。

「塩コショウするだけの料理で失敗するなんて、ある意味天才」

「ううっ……ご、ごめんね〜」

　すっ、と。塩を差し出してくるモモ。

「いいよこのままで」

「だめだよっ、無理して食べなくていいから。なんなら洗って塩振って焼き直して─」

「甘いステーキもおいしいよ。たまにはいいんじゃない？」

　俺はそのままナイフを入れ、フォークにさして口へ運ぶ。

　べつに食えないわけじゃないし。

　モモが作ってくれたってだけでうまいし。

「無理しなくていいんだよぉ……」

　涙目になってるモモ。

　そんな目されたら、襲いそうになるからやめてほしいん
だけど。

「付け合わせの野菜はちゃんとしてるし、うまいよ」

「ううっ……」

　褒めたつもりなんだけど、ディスってると思ったのか、
さらに目に涙が溜まるモモ。

　ほんとにおいしいんだって。

　モモにしては上出来。

「伊緒くん、ありがと……」

　だって、モモが俺のお祝いに作ってくれたメシなんだし。

　だけど。

「料理の分担制はもう少し様子見ようね」

　モモは、鼻をずびずび言わせながらうなずいた。

伊緒くんとカミナリ

　——ザーザーザー。

　窓の外は雨。

　今日は晴れの予報だったのに、夕立なのか急に雨が降ってきたのだ。

　すぐにやむかなあ。

　傘持ってないし、どうしよう。

　そんな私は今日日直で、しかもペアは真柴くんで。

「『今日の出来事』、どうしよう」

　みんな帰ってしまった教室で、真柴くんと居残り。

　黒板をきれいにしたり、日誌を書いたり……日直はなにかとやらなきゃいけないことがいっぱいなんだ。

　日誌の最後のコメントに悩んでいると。

「今日もオムライスが安定のおいしさでした、は？」

「そんなこと書いたら怒られちゃうって」

　と、笑って返して。

「え？　オムライス……」

「食べてたよね〜、幸せそうな顔して」

「み、見てたのっ!?」

　今日、私は学食でまたオムライスを食べたけど。

　学食で真柴くんに会った覚えはないのに、見られてたなんて。ちょっぴり恥ずかしい。

　じわじわ〜っと、顔が熱くなっていく。

「声かけようとしたんだけどさ、ほら、また"伊緒くん"
が登場したら怖いじゃん？」

んんっ!?

まさかの人の名前を出されて、さらに燃えるように熱く
なる顔。

「ま、真柴くんっ!?」

なんだか弱みに付け込まれてるような……。

「ははは、桃ちゃんてわかりやすいね～」

そして、ひょいと日誌を私から奪い、さらさらとなにか
を書き込む。

ううっ。

好きな人を知られてるって、なんだか弱みを握られてる
みたいだし、どう接していいかわからなくて困っちゃう。
友達とは違うし。

「はいっ、書けたよ。『今日も平和な1日でした』これで
いいでしょ」

「ふふっ、小学生の日記みたい」

「言うよなー。けど平和が一番なんだよ」

パタンと日誌を閉じて立ち上がった真柴くんに続いて、
私も席を立つ。

ようやく終わった。

でもこの雨じゃなあ……やむまで待ってよう。

「すごい雨だよなー」

真柴くんは、後ろの棚にかけてあった黒い傘を手に取っ
た。

「それ、真柴くんのなの？」

「そうだよ。ずっと置きっぱにしてあったのが役に立つとは」

　得意げに手に取った真柴くんは、あれ？って顔でたずねてくる。

「もしかして、桃ちゃん傘ないの？」

「うん。折りたたみ傘持ってくるの忘れちゃって」

「えー、この雨で傘ないのきついじゃん。じゃあ、一緒に帰ろうよ」

　当然のように誘われ、とまどう。

　一緒って。

　家が学校の近所の小学生とは違って、帰る方向は全然違うよね？

「いいよっ。私雨やむまで待ってるから、真柴くんは気にせずに先に帰って」

「しばらく雨雲遠のかないみたいだよ？」

　見せてきたのは雨雲予想のアプリ画面。

　私もアプリを入れているけどすごく正確なのは知ってる。見ると、これからが本番みたい。

　早く帰らないと、それこそ帰りそびれそうだ。

「ね、だから家まで送ってく。徒歩通学って言ってたよね」

「だけどそんなの悪いよ！」

　顔の前で手を振って遠慮すると、

「えー、だったら傘は桃ちゃんに渡して、俺は濡れて帰る。はい、傘どうぞ」

「そんなのもっとだめだって！」

「だったら素直に送られてよ」

「…………」

　そんな言い方されたら、もう断るなんてできなくて。

　日誌を職員室に持っていき、並んで昇降口へ向かう。

　空はさっきよりも暗くなっていて、雨も少し強くなって
きた気がする。

　ザーザーと降り続ける雨音をBGMに、ぼんやり窓の外
を見ながら歩いていると。

「どうなの、その後 "伊緒くん" とは」

「へっ？」

　突然投げられた予想外の言葉に、声が上ずった。

　まさか、伊緒くんのことを聞かれるなんて。

「べ、べつにっ……」

　真柴くんにはバレバレだし、今さら隠したってどうしよ
うもないけど、やっぱり恥ずかしい。

「幼なじみのくせに、桃ちゃんの気持ちに気づいてないん
でしょ？　そんな鈍感男やめて、俺にしなよ」

　廊下を歩いていたら突然、目の前に手が伸びて。

　真柴くんの手は壁について、私は進路をふさがれた。

「……っ!?」

　びっくりして真柴くんを見上げる。

　ど、どうしたの……？

「女の子は愛されたほうが幸せになれるよ。俺ならたっぷ
り愛してあげるのに」

　ま、真柴くん……？

　いつものように軽口なのに、表情はどこか憂いがあって、ドキッとした。

「や、やだな〜」

　さらりとかわして進もうとするけど、真柴くんは通してくれなくて、距離だけが縮まった。

　制服を通じて、触れ合う腕と腕。

　思わずパッと離した。

「本気だよ？」

「で、でも……っ、私は伊緒くんが……」

「じゃあさ、お試しでいいから俺と付き合ってみない？」

「…………」

「桃ちゃんは、伊緒くんしか見てこなかったから他の男のこと全然知らないでしょ？　もっと周りに目を向けてみてもいいと思うんだよね」

　そんなこと言われても、困るよ……。

「だけど、俺が桃ちゃんを奪ったら、ものすごい勢いで奪い返しに来そうだけどね」

　怖っ、と言って肩をすくめる真柴くん。

　そんなことあるわけ……。

「桃ちゃんみたいな子がそばにいて、つかまえとかないとか考えらんないんだけど。あ、いっちょ前にキスマークはつけてるみたいだけど」

「……っ」

　それを言われると、何も言えない。

「だからさ、ちょっと嫉妬させちゃえばいいんだよ。いつでもそばにいると思ってると痛い目見るよって」

　真柴くん、なにかカン違いしてるみたい。

「伊緒くんが嫉妬なんてするわけないよ。だって伊緒くんは……」

　もともと、伊緒くんは私のことを恋愛対象として見てないのに。

　……悲しいけど。

「ふーん。だったらなおさらよくない？」

　顔を目の前に近づけられて、思わず息をのむ。

「も、もうっ、からかわないでよっ……」

「本気なのになー」

　両手を上にあげて伸びをしながら言う真柴くんからは、これっぽっちも本気なんて感じられないよ。

「そんなにかたくなだと、ますます欲しくなるよね」

　チラッと横目で見ながらさらっと。

　な、なにを言ってるの、真柴くん!!

　──ゴロゴロゴロッ!!!!!

「ひっ！」

　そのとき、遠くでカミナリが鳴って肩がビクッとあがった。

「あれ？　もしかしてカミナリ怖いの？」

「べっ、べつにっ」

　私はふるふると首を横に振った。

　高校生にもなってカミナリが怖いなんて恥ずかしい。

　だって、中学生のときにちょっとカミナリが鳴ってびく
びくしてたら、伊緒くんに笑われたし。

　強がって言ったのはいいけど。

　──ゴロゴロゴロッ。

「ひゃあっ！」

　立て続けに鳴るカミナリに体は正直に反応して、今度は
頭を押さえてしゃがんでしまう。

「ふふふ、そういうときは素直に甘えなよ」

　両手をとられて立たされて。

　ふわり。

　やわらかいものに包まれたと同時、視界が暗くなった。

　え……、これは。

「ま、真柴くん……？」

　なぜか抱きしめられていて。

「ふふ、行こう。雨強くなってきたら困るから」

　……やっぱり、送ってもらうのはやめたほうがいいかも。

　昇降口につくと、この雨で足止めを食らっているのか、
人だかりができていた。

　やっぱり突然の雨だから、傘を持ってない人が多いみた
い。

　ごった返す人の中心で、ひょっこり飛び出た頭を見つけ
た。

「あっ！」

　すぐにわかった。伊緒くんだって。

　胸の中がほわんとあったかくなる。

　伊緒くんを見ただけで、私の体中のいたるところが刺激

されちゃうみたい。

　私の体は、もうそんなつくりになってる。

　だけど、伊緒くんの周りにはいつも人がいっぱいいる。

　今も、外の天気とは相反（あいはん）して、女の子たちの顔は明るく

て。

　お天気なんて関係ない。

　伊緒くんの周りはいつだってキラキラ輝いている。

　伊緒くんが、どんどん手の届かない人になっちゃう。

　胸がぎゅっと苦しくなった。

「どうしたの？」

　隣から、真柴くんの声。

「ううん。真柴くん、私やっぱり——」

　ちゃんと断ろうとしたとき、

「モモ、帰るよ。待ってたんだ」

　私たちの間に入ってきたのは伊緒くんで、持っている紺（こん）

色（いろ）の傘を少し上に掲げた。

「へっ？」

「だって傘持ってないでしょ」

「持ってないけど……」

「俺、置き傘してたから」

「さすが伊緒くん……」

　用意がいい。

　あ、でも……。

　隣にいる真柴くんをチラッと見上げる。

「俺、傘持ってるから桃ちゃんを送ってく話になってるんだよね～」

「それはどうも。でも、俺も傘持ってるからその必要はないよ」

　ふたりがにらみ合っているように見えるのは気のせい?

「君に入れてほしい子いっぱいいるんじゃないの? 桃ちゃんのことは気にしないで、誰か入れて帰りなよ」

「……断る。モモは俺が責任持って送っていくから結構」

「ふっ……、結構って、そんな所有物みたいな言い方」

「……あ?」

　あの、ちょっと……?

　ここだけ、空にも負けないくらい真っ黒い雰囲気が漂ってるんだけど……。

「モモは? どっちに送ってほしいの」

　不機嫌に問いかけてくる伊緒くん。

　えっ、それ聞く?

　うう……伊緒くんのイジワル。

「てか、俺がそうしたいからそうする。行くよ、モモ」

　聞いてきたのに返答を待たない伊緒くんは、私の腕をつかむと屋根のあるギリギリのところまでやってきて。

　ぱさあっ……と、紺色の傘を開いた。

　私の傘よりもひと回り大きい布地が、目の前でくるんと回転した。

「え、なにあの子」

「葉山くんに入れてもらうつもり？」

「え～、ずるくな～い？」

　背後では、女の子たちの不満そうな声。

　こういうのは何度聞いても慣れないし、私なんかがすみませんっていう気持ちでいっぱいになる。

　ただの幼なじみなんです……っ、て心の中で弁解して。

「なにしてるの？　行くよ」

　振り返って私を見ている伊緒くんの隣に飛び込んだ。

「待っててよかったわ」

　雨にかき消されそうな音量でつぶやく伊緒くんの声に、んっ？と耳を寄せれば。

「またあの変態男にちょっかい出されてんだから」

　傘の柄でこつんと肩をたたかれる。

「へ、変態男って、真柴くんのこと？」

「よくわかってんじゃん」

　う……、この間伊緒くんがそう言ってたから……。

「モモを送ってくとか、下心アリアリじゃん」

「そ、それは……私が傘を持ってないのにひとりで先に帰るのが忍びなかったからで」

「はーー。鈍感って辞書の意味、これから〝鈴里桃〞にしたほうがいいかも」

「えっ、えっ？　どういうこと？」

「そーゆーことだよ」

　って言うけど、やっぱり私にはよくわからないや。

　急な雨のため、濡れたまま自転車に乗っている人や、走っ

ていく人もちらほらいる。

　昇降口にたまっていた人たちも、傘を持ってない人が多く、きっと伊緒くんに入れてもらいたかったよね。

　傘を持ってくれてる伊緒くんをこっそり見上げれば。

　申し分ないほど整った横顔がそこにあって。

　幼なじみっていう特権でこうして相合傘までできるなんて、ほんとバチあたりだよ。

　すると、雨音が急激に大きくなったような気がした。

　矢のように落ちてくる雨が、地面に突き刺さって跳ね返ってる。

「うっわ、なにこの雨！」

　雨って強くなるときはほんと一瞬だ。

　とてもじゃないけど、ひとつの傘にふたりで入ってしのげるような雨じゃない。

　むしろ、傘なんか役に立たない。

　あっという間に足元にも水が溜まってきて、もう洪水の中を歩いているみたいになる。

「ちょっと急ごう」

　歩みを速めたそのとき。

　目の前で稲妻が見えた。直後。

　──ゴロゴロゴロッ……!!

「きゃあっ！」

　地割れのような音が響き、思わず隣を歩く伊緒くんにしがみついた。

「大丈夫か？」

「……うん」

　ほんとは怖くてたまらないけど。

　こんなんだから、私はいつまでたっても伊緒くんのペットなんだ。

　もうちょっと、自立できるようにならないと。

　しがみついた手を離そうとしたとき、

「……って聞いた俺がバカだったな」

「……？」

　伊緒くんは、傘を持っていないほうの手で私の背中に手を回した。

　えっと。

　『俺がバカ』……って？

　いつも毒舌な伊緒くんからの思わぬ対応に、面食らっていると、

「カミナリやばいな。どこか避難できるとこ探そう」

　私を抱えるようにしながら足早にどこかへ向かう。

　私の足は、伊緒くんに引っ張られるまま動く。

　もう少し行けばスーパーがあるし、そこまでの我慢かな。

　──パシャパシャ。

　水しぶきをあげる足元。

　もう川の中を歩いているような状態。

　そのとき、声がした。

「あらま、そんなに濡れて。雨が落ち着くまで雨宿りしていきな！」

　道路わきの家で、家の中から雨戸を閉めようとしていた

おばあさんが指さすのは、屋根つきのガレージ。

「そこ今車ないから。遠慮せずに入って！」

　シャッターが開いたガレージは、中は空っぽで。

「すみません、お借りします」

　おばあさんのご厚意に甘えることにした。

　車1台分のガレージに、私たちは身を寄せる。

「助かったね」

「ああ。やばいな、この雨」

　腕についた雨水を払いながら。

　閉じた傘の先からは、水道の蛇口からあふれるように水が流れていく。

「ほんと……バケツをひっくり返すような雨ってこのことだね」

　視界はかすんで、数メートル先も見えない。

　こんな中帰るのは、無謀かも。

「傘ありがとう。濡れちゃったよね」

　ハンドタオルを出して、濡れた伊緒くんの腕を拭くと、

「俺はいいから、自分の体拭いて」

　優しく戻され、逆に私についた雨粒を拭いてくれる。

「こんなに濡れて、寒いだろ？」

「だ、大丈夫だよ」

「……だよな、聞いた俺がバカだった」

　すると、いきなり私を抱きしめてきたから驚いた。

「い、伊緒くんっ……？」

「最初は冷たいかもだけど、我慢して」

そうじゃなくて。

たしかに濡れたシャツで抱きしめられて冷たいのは事実
だけど……。

ドキドキしちゃってどうしていいかわからないの。

おかげで、怖さも寒さも吹っ飛んでいく。

「ほんとは脱いだほうがいいんだけど、さすがにここで脱
いだら通報されそうだし」

ぬ、脱ぐっ!?

なんてこと言うの伊緒くん!

お互いが熱を発しているのか、最初は冷たかった肌も、
触れ合っている部分がだんだん温かくなっていく。

——トクトクトク……。

聞こえてくる鼓動のリズムが心地よくて、落ち着いて。

気づいたら、伊緒くんのシャツの胸元をぎゅっと握りし
めている私がいて。

「あっ、ごめん」

離れようとしたら、引き戻されて、また体がくっついた。

「……っ」

なにも言わない伊緒くんに抱きしめられたまま、ただ私
はひとりでドキドキして……。

雨の音も、カミナリの音も、気づけば何も聞こえなくなっ
ていた。

やがて、雨も小康状態になって。

「ありがとうございましたー」

　ガレージを貸してくれた家に向かって声をかけて、私たちは家へと帰った。

　無事に家につき、順番にお風呂場へ。

　それぞれ体を温めて、今はココア片手にリビングでまったり中。

　あったかいって幸せ！

「モモって意外と大胆なんだな」

　なんの脈絡もなく、聞き捨てならない言葉を発する伊緒くんに私は目を剥いた。

　大胆!?

「な、なにが!?」

「黒とか？　その見た目でそんなの選びそうにないから」

　ん？　黒って？

　突然言われて、何のことかわからない私は、首を傾げたんだけど。

　思い当たることがひとつだけ……。

　さっきの私たち、雨で肌の色がシャツから透けて丸見えだったことを思い出す。

　ってことは。

　はっ！

　思わず目線が自分の胸元へ……。

　さっき脱いだ今日の下着はたしか…………黒。

「や、やだあっ……」

　それを見られたってことだよね。

　うわあ……なんで今日に限ってそんなの着てたんだろ

うっ……！

「伊緒くんの変態っ！」

　変態の名は、伊緒くんに献上します！

　伊緒くんの胸をポカポカたたいていると、あっさりその腕をとられて形成逆転。

　あれっ？

　ソファの上に倒されて、組み敷かれてしまう。

「変態って。他の男に見られたら一瞬で襲われてるからな。俺でよかっただろ？」

「そんなことっ……」

「不用意にあんなの着て……あいつと一緒に帰ってたらどうなってたか」

　それも困るっ。

　伊緒くんでよかったといえば……そうなのかも……いや、やっぱりよくない！

「だから、わかってるよな」

　伊緒くんの瞳が、妖しく光る。

　え……。

「お仕置き」

　言うや否や、伊緒くんが私の耳元を攻めてきた。

「ひゃっ、ちょっ……！」

　伊緒くんてば、どうしてそんなにお仕置きが好きなの!?

「モモの反応おもしろい」

　と言って、首と髪の間に顔をうずめて動かなくなっちゃう伊緒くん。

「……あったかい」

　——ドクンドクン……。

　伊緒くんの鼓動が体に伝わってくる。

　豪雨の中、私を抱きしめてくれていたことを思い出す。

　さっきの伊緒くん、いつになく優しくて、男らしかったな。

　余裕がある今はこんな風にイジワルだけど、いざとなったらやっぱり優しいのは昔から変わらない。

「モモ、背中に手回して」

　えっ？

　思わぬお願いに、どうしていいのかとまどう。

　両手はあいてるけど……。

　おそるおそる、伊緒くんの背中に手を回した。

「こ、こう？」

　ドキドキしながら伝えれば、嬉しそうに笑う伊緒くんの呼吸が体に振動する。

　チンちゃんとは違って、骨ばった体。

　一番違うのは……温かいこと。

「このままさ」

　少し曇った声。

「……したい」

「……ん？」

　よく聞こえなくって聞き返す。

「……だめ？」

「えっと、なにを？」

「はーーーー……」

　まだなにも答えてないのに、あきらめたのか盛大なため息を吐く。

　そんな、ちゃんと言ってくれないとわからないのに。

「じゃあ、これで我慢するよ」

　すると、この間みたいなチクリとした痛みが耳の下に走った。

「……っ！」

　２度目だからもうわかる。

「い、伊緒くんっ!?」

　また、アレをつけられちゃったの？

　真柴くんに指摘されてすごく恥ずかしかった……キスマーク。

　これで我慢て……いったい伊緒くんは、なにをしたかったんだろう……。

モモを賭けて勝負【伊緒side】

　翌日の体育は、特別編成でいつもと違うクラスと合同で行うことになった。

　5組と聞いて、「おっ！　モモのクラス」と思ったのも束の間。

　体育だから男女別、関係ねえじゃんと肩を落として、また気づく。

　……あいつがいることに。

　真柴だ。

　相変わらずモモへの距離感が近すぎてウザいやつ。

　今まで、あからさまにモモに近づく男はいなかった。

　というのも、俺が圧をかけてたからそうだっただけで。

　実際は、「鈴里さんて可愛いよな」って声を何度も耳にしていたし、そのたびに俺が牽制していたんだ。

　なのに、こいつにはそれが通用しないらしい。

　とりあえず、真柴には関わらないようにしよう。

　そう思って体育館へ向かった。

「だりー。どうせなら女子と合同がよかったよな〜」

　俺の隣でへらっと笑う瑛人はいつもどおり。

　各自柔軟を始めていると、

「特進クラスのやつらって、どーせ勉強ばっかりしてて運動できねーんだろ」

「バスケの試合するらしいけど、余裕で勝ちだな」

　そんな声が聞こえた。

　はあ？

　てか、モモのクラスの男子、ロクでもねえな。

　一緒にいる瑛人にもバッチリ聞こえていたようで、向こうに聞こえるような声で言い放つ。

「はあー？　なに言っちゃってんの？　結局はひがみだよな〜」

　へらへらしているお前が、俺と同等の偏差値ってこともびっくりだけどな。

　すると真柴も姿を見せて、

「あっ、どうもー」

　ラフに手をあげて通り過ぎていく。

　どうもー、じゃねえよ。

　俺はお前の知り合いになった覚えはねえんだよっ。

「今の、充電ちゃんと仲良いやつだよな」

「おい、その呼び方いいかげんやめろって」

　充電ちゃん、て。

　瑛人の頬を親指と中指で挟んで黙らせる。

「ひへっ（いてっ）」

　俺の視線は、あの男へ。

「あいつ……」

　真柴はウオーミングアップがてらに、軽々シュートを決めている。

　しばらくすると、体育館にぞろぞろ女子がやってきた。

　雨が降りだしたため、外から中へ移動してきたみたいだ。

「わっほーい、女子が来た！」

　一気にやる気を出す瑛人。

「わかりやすいなあ」

　そんな瑛人を見て、亮介も呆れた声を出した。

　あ……。

　女子が来たってことは、モモがいるんじゃねえの？

　そう思ったら、俺もわかりやすく胸が躍りだす。

　流れ込んでくる女子の波を密かに（それでもすごい速度で）追ってモモを探していると、鳥海と肩を寄せ合って談笑しながら歩いているのを発見。

　どんな人ごみでも、俺がモモを見つけるのなんてわけないんだよ。

「あっ、桃ちゃーん」

　すると、モモを呼ぶひときわ大きな声が聞こえた。

　すげえ聞きたくない声。

　体中から嫌悪があふれ出す。

　それに対して、笑顔で手を振り返すモモ。

　くそっ。

　俺のほうが先にモモを見つけたのに。

　それから、真柴はモモに近寄って話しかけた。

　……なにを話しているのか気になってしょうがねえ。

「ほら、男子はあっちでしょ」

　けれど、女子担当の先生に注意されて、モモと引き離される真柴。

　ざまあ。

　そんな真柴は、こっちに戻ってくるとき、わざわざ俺のほうを見てニヤリと笑った。

「……くっそ」

　マウント取ってんじゃねえよ。

　俺が気にしてることがバレたのが気に食わねえ。

　ふざけんなっての。

　クラスが違うって、こんなにも疎外感があるんだな。

　特進クラスなんてブランドより、モモとクラスメイトってことのほうが俺にはどれだけ大事か思い知った。

　それから授業が始まり、どんな因縁か、真柴のいるチームと対戦することに。

「伊緒くん、お手柔らかによろしく〜」

　うやうやしく腰を折って俺のところに来た真柴に、ため息が出た。

「モモにちょっかい出すのやめろ」

「それはできないな」

「なんでだよ」

「俺、桃ちゃんのこと好きだから」

　顔はヘラッとしているくせに、目だけはうそをついてなくて、一瞬言葉が出なくなる。

　俺がモモに言えないことを、当たり前のように口にすることがうらやましく思えたんだ。

　好きだ。

　このひと言が言えたら、どんなにいいだろう。

　言ったら、モモはどんな顔をする——？

「……モモはお前にはなびかねえよ」

　胸の内を悟(さと)られないように、語気を強めた。

「どうかな、毎日言ってたら、気持ちが動かされることも
あるし」

「飽きるだけだろ」

　こんな幼稚なやり取り、自分で言っててもバカらしく
なってくるけど、ムキになってしまう。

「ほら、そこしゃべってないで集中しろ！」

　チッ。

　お前のせいで先生に注意されたじゃねえか。

　試合が始まると、真柴は必要以上に俺をマークしてきた。

　俺だって同じだ。

　体を激しくぶつけ合って、まるで格闘技さながらだ。

　──ピピッ！

　互いにファウルしすぎてホイッスルを吹かれまくるし、

「お前らファイトしすぎだろ！」

　仲間にも苦言を呈(てい)され、

「はあっ……はあっ……」

　試合が終わったら、ふたりとも床に倒れ込む始末。

　こんなにマジになった試合、初めてかもしれねえ……。

「葉山くんカッコいいっ！」

「シビレたね～、今の試合！」

　マジになってた理由を知らない女子たちは、のんきに目
を輝かせてるし……。

　モモも、そんな俺らを見てびっくりしている。

「伊緒、どうしたんだよ。あいつに恨みでも買われてんのか？」

　亮介が心配そうに俺の元へ駆け寄ってきた。

「さーね」

　壁に背をつけながら、Ｔシャツの胸元を引っ張って風を送り込む。

　ってか、真柴のやつ。

　このままじゃ俺の気が収まらず、体育館を出ていこうとした真柴のＴシャツの背中をつかんで引っ張った。

「おっとっとと……暴力はんたーい」

「これのどこが暴力だってんだよ」

　さっきは散々、俺に体当たりしてきたくせに。

　元はと言えば、こいつが仕掛けてきたんだからな。

「伊緒くん、怖い顔してどうしたの？」

「……その呼び方やめろ」

　どうしてこいつが俺のことを名前で呼ぶんだよ。

　しかもくんづけ。

　……気持ちわりぃ。

「だって、桃ちゃんがそう呼んでるから」

「ついでにモモのことも名前で呼ぶな」

「どうして伊緒くんに言われないといけないんですかー。桃ちゃんは俺の友達なんで。伊緒くんもそうでしょ？と・も・だ・ち・なんでしょ？」

　友達を強調させる真柴。

「友達じゃねえ。……幼なじみだ」

　張り合っても、結局恋人じゃないならたいして変わらないところが情けないけど。

　……ほんとこいつ……ムカつくやつだな。

　人をムカつかせる天才か？

　すると、真柴はいいことでもひらめいたかのように、くるりと体を180度回転させて言った。

「俺と勝負しようぜ」

「勝負？」

「スリーポイントシュートの５本勝負。勝ったほうが、桃ちゃんにお願い事を聞いてもらえるってどう？」

「あ？　んなのやるわけねえだろ」

　そんなことしなくても、モモは俺の願い事くらい聞くし。

「自信ないんだ」

「はあっ!?」

　そんなこと言われたら勝負心に火がついた。

「バカ言え。こんなの楽勝だっての！」

「ふっ、じゃあやるってことで」

「……っ」

「おーい、桃ちゃーーーーん」

　俺の返事も聞かずにニヤリと笑った真柴は、勝手にモモに呼びかけた。

　体育館を出ようとしていたモモは声に振り向き、首を傾げながら、手招きする真柴に導かれてUターンしてくる。

　来なくていいっつうのに。

「ど、どうしたの？」

　俺と真柴っていう組み合わせに、驚きを隠せてないモモ。
「これからさ、伊緒くんとバスケで勝負するから見ててよ」
　……また名前で呼びやがって。
「勝負？　……って、なんの？」
　モモは真柴に聞き返しながら、不安そうに俺の顔をうかがう。
「俺と伊緒くんがスリーポイントの５本勝負。勝ったほうが、桃ちゃんにひとつお願いを聞いてもらえるの」
「え、ええっ？」
　モモは困惑気味。
　そりゃそうだ。
　そもそもモモが承諾してないのに、勝手に勝負にかけられてもな。
　つうか、こいつの頭ん中も花畑なのか？
「てことで、俺絶対に勝つから見ててよ！」
　亮介と真柴のダチが審判となり、勝負がスタートした。
　ダンダンッとボールを軽く弾ませ、真柴が構える。
　……外せ。
　──スポッ。
　そんな願いに反して、リングに触れることなく、きれいな放物線を描いてゴールに吸い込まれていったボール。
「わ～～っ！」
「すごーーーーい！」
　いつの間にかギャラリーたちがわらわら集まってきて、真柴に拍手を送っている。

「チッ」
　１本ずつ交替。次は俺の番だ。
「頑張ってね、伊緒くん」
「瑛人うるせーよ」
　すっかり真柴の真似をして、くんづけで名前を呼ぶ瑛人に悪態をつき、手からボールを離した。
　――スポッ。
　よっしゃ！
　モモはこの試合をはらはらした様子で見守っていた。
　４本終えたところでお互いノーミス。
「チッ」
　決して簡単ではないはずなのに、真柴もなかなかやるな。
　と思ったら。
　ガンッ。
「あっ！」
　真柴が５本目を外したのだ。
「あーーーーっ」
　ギャラリーからも、ため息が漏れた。
　よし。
　だけど、これはこれでプレッシャーがかかるな。
　息を整えてから、モモを見ると。
　モモの目が、「お願い、成功して」そう言っているように見えた。
「……ぜってぇ外すかよ」
　俺は小さくうなずいて、ボールから手を離した。

LOVE♡4

伊緒くんは天才です

　それから数日たって。
「いい天気だねえ……」
　穏やかに晴れた日の朝。
　庭には鳥が遊びに来て、チュンチュンと軽やかな鳴き声を聞かせてくれている。
　この間のバスケの勝負。
　結局、伊緒くんが１本も外さず勝利したんだ。
　どんなお願いをされるのかドキドキしてたら。
『楽しみに待ってて』
　って、なにを要求されるのか、ちょっと怖いんだよね。
「今日遅くなる」
　コーヒーをすすりながら伊緒くん。
「どうして？　なにかあるの？」
　こういう会話、まるで夫婦みたいだなあ、なんて。
　脳内がお花畑になりかけていたら、
「現役東大生が講義しに来るらしい。ほら、あれ」
　伊緒くんがさすのは、壁にあるコルクボードに張られたプリント。
『東大王に俺はなる!!!』
　人気クイズ番組と、国民的アニメを掛け合わせたような表題のそれは、結構前に伊緒くんが持ち帰ってきたもの。
「さすが特進クラス。スケールが違うよねえ」

　私はそれを眺めながら、はーっと感心する。

　特進クラスからは毎年何人かの東大合格者を出すのが学校の使命らしく、こうして特別授業が組まれるみたい。

「だりーし、んなの出たくねえ」

「東大生のお話が聞けるなんて、そうそうないチャンスだよー」

「東大なんてキョーミねえし」

「わあっ」

　東大をけなす伊緒くんもスケールが半端ないよ。

　と思ったら、飄々とこんなことを口にした。

「俺が狙ってるのはスタンフォード」

「えっ？　な、なにっ？」

「アメリカの大学だよ。ほら、もたもたしてたらおいてくからな」

　気がつくと、伊緒くんはすでに肩からカバンをかけて用意バッチリ。

　えっ？　アメリカ？

　ちょっとどういうこと？

「あ、待ってー！」

　先に家を出て行った伊緒くんを追いかけるように、私も家を飛び出した。

　どよーん……。

　学校に着いた私は、なんだか胸の中がすっきりしない。

　あのあと伊緒くんを追いかけて真相を聞いても、はぐら

かされちゃったし。

　伊緒くんの進学先がアメリカだなんてうそでしょ……。

「どうしたのー」

　ポンとたたかれた肩に顔をあげれば、そこには美雪ちゃん。

「真っ黒いオーラで覆われてるよ。ほらこのあたりっ」

　私の周りに、指で大きく円を描く。

「美雪ちゃぁぁぁぁぁぁん……伊緒くんがアメリカに行っちゃうーーーーー」

「ええっ!?　アメリカ？　ど、どういうこと？」

　さすがの美雪ちゃんも、目を白黒させる。

「伊緒くんがね、スタン……スタン……」

「なにそれ」

「そんな名前のアメリカの大学に行くんだってー」

　ううっ。

　言ったらさらに切なくなっちゃった。

「ええっ、もしかしてスタンフォード？」

「そう、それ！」

　にっくき、スタンフォード！

　どんな大学か知らないけど、伊緒くんをアメリカに連れていこうとするなんて！

「まっさかー。いくら葉山でも無理でしょ。うちの学校の特進でもさすがにそこまでは、ははっ」

「伊緒くんをディスらないで」

「どっちなのよ」

　頬を膨らます私に、美雪ちゃんは手のひらを上に向けて呆れ顔。

　そりゃあ、伊緒くんが頭がいいのは認めたいけど。

　アメリカの学校に行っちゃうのは嫌だ。

　はぁぁぁ。

　私は机の上にガクッと頭をつけた。

　放課後。

　ひとりで家へ帰りながらも、私がずっと考えるのは伊緒くんのこと。

　長い人生で、学生でいられる期間はほんの少し。

　同じ学校で過ごしてて、運命の人に出会えた……なんて思っても、そんなの卒業しちゃえば、一時の夢の中にいただけ。

　そこから先のほうが長くて、大人になればまた広い世界で新たな出会いをして……。

　私と伊緒くんだって、こうしていつまでも一緒にいられるわけじゃないんだよね。

　はあ……。

　なんだかモヤモヤしたまま家について、カバンから鍵を取り出そうとして。

「あれ？」

　いつも入っているはずのところに手を突っ込んでも鍵の感触がなくて。

　地面にカバンを置いて、中をのぞき込んだけど。

「やっぱない……！」

うそっ。

鍵忘れちゃった……？

「あっ！」

しかも大変なことを思い出した。

今日は伊緒くん、特別講座で帰りが遅いんだ。

ってことは、伊緒くんが帰ってくるまで、私家に入れないの……？

「うそぉ……」

2階の窓は……と見上げてあきらめる。

もし鍵が開いていたとしても、私に登れるだけの身体能力はないし。

落っこちてケガでもするのが関の山。

おとなしく伊緒くんの帰りを待っていたほうがいいよね。

表で待っているのも不審な人になっちゃうし、庭のほうへ回って、お父さん手作りの木のベンチに座ってスマホをポチポチいじってたんだけど。

まだ日が落ちる時間じゃないのに、だんだん空が暗くなってきた。

……嫌な予感。

と思ったら、すぐにそれはやってきた。

「ひえぇぇぇ……」

──ザーザーザーザー。

いつかみたいな土砂降りの雨。

　横殴りのそれは、軒（のき）に身をひそめている私にもガンガン降りかかってきて。

　またしても折りたたみ傘をカバンに入れてなかった私は、それをモロに浴びて。

　雨が去ったころには、全身びしょ濡れになってしまった。

「……くしゅんっ！」

　寒くて冷たくて、踏んだり蹴ったり。

　締め出しって、こんなにつらいんだ……。

「寒い……」

　雨のせいで気温も下がり、濡れた体がさらに冷える。

「伊緒くん早く帰ってきてよ〜……」

　メッセージを送ろうとしたけど、今は、一生懸命勉強中だもんね。

　スタン……スタンなんとかに向けて。

　はぁ……こんなときに、また気分が落ちるようなことを思い出しちゃったよ。

　結局、伊緒くんが帰ってきたのは、日がとっぷり暮れてからだった。

「どしたの？」

　びしょ濡れで外に突っ立つ私を見て、伊緒くんは目を丸くして驚く。

「鍵を忘れてしまいまして……」

　またおバカだって思われちゃう。

　小さな声でぽつりとつぶやけば。

　迷子の子犬を憐れむような目で私を見て、
「てか、傘は？」
「だって、朝あんなに晴れてたのに雨が降るなんて思わないもん……」
「15年間生きててその発想が生まれるって、ある意味尊敬するレベル。夕立とかゲリラ豪雨って、誰もが知ってる言葉だと思ってたの俺だけ？」
「うっ……」
　どっちも知ってます。
　しかも。
　この間の雨のときも、傘を持ってなくて伊緒くんに入れてもらったばかり。
「おバカモモ」
　だけど、そんな言葉にも愛情があふれてて。
　おバカって言われても嬉しくなっちゃう私は、伊緒くんが大好きすぎて重症かもしれない。
「とにかく、早く体あっためないと」
　伊緒くんがカバンから鍵を取り出す。
　鍵穴に鍵を入れて回して……。
「はあ…………」
　動きが止まって、盛大なため息。
「モモさーーーーー」
　振り返って私を見た伊緒くんは、今度こそ心底呆れてますって顔。
　え、どうしたのかな。

「ここ持ってみ？」

　示されたのはドアの取っ手。

「うん」

　私は言われたとおりに、取っ手を持った。

「引っ張ってみ？」

「うん」

　引くと、少し重い扉はガチャっと開いた。

「伊緒くんありがとう」

　よかった。これで入……。

「いーや、俺はまだ鍵を開けてない」

「へ？」

　どういうこと？

「今朝さ、モモどうやって家を出た？」

「えーっと」

　斜め上を見上げて、朝のことを思い返す。

　たしか、先に家を出てしまった伊緒くんを追いかけたか
ら……。ってことは、私があとに家を出た……？

「あ、れ……？」

　じゃあ、誰が鍵を……。はて。

　首を傾げながら、ゆっくり伊緒くんを見上げると、

「バカ」

　優しいげんこつが降ってきた。

　頭の上に、こつん、て。

　あっ！

「……はじめから、鍵は閉まってなかった……？」

　うそっ！

　いつも、伊緒くんが私のあとに出ることが多かったから、鍵を閉めるのを忘れちゃったんだ！

「ほんとにモモって……」

　はあ……と盛大にため息を吐く伊緒くんは、ドアを開けて私を中へ押し込むとすぐにドアを閉めて、私をぎゅっと抱きしめた。

「い、伊緒くん……？」

「寒かったでしょ、俺があっためてあげる」

　そう言って、私を抱きしめ続ける。

　どくんっ……！

　心臓はもう大暴れ。

　やっ、だけどドキドキしてる場合じゃない。

「伊緒くんが、濡れちゃう……っ」

　だって、私びしょびしょだもん。

　体を離そうとすると、それを許さないかのように、もっときつくホールドされる体。

　……伊緒くん……？

「いーよ、そんなの」

　覆われたままの状態で、聞こえる伊緒くんの声。

　そんなこと言われたら……。

　私、頭の中がお花畑だから、都合よく考えちゃうよ？

　伊緒くんがなにを考えてこうしているのかわからないけど。

　私にとってはご褒美でしかないこの行動に、されるがま

愛読者カード

お買い上げいただき、ありがとうございました！
今後の編集の参考にさせていただきますので、
下記の設問にお答えいただければ幸いです。よろしくお願いいたします。

本書のタイトル（ ）

ご購入の理由は？　　1. 内容に興味がある　2. タイトルにひかれた　3. カバー（装丁）が好き　4. 帯（表紙に巻いてある言葉）にひかれた　5. 本の巻末広告を見て　6. ケータイ小説サイト「野いちご」を見て　7. 友達からの口コミ　8. 雑誌・紹介記事をみて　9. 本でしか読めない番外編や追加エピソードがある　10. 著者のファンだから　11. あらすじを見て　12. その他（ ）

本書を読んだ感想は？　　1. とても満足　2. 満足　3. ふつう　4. 不満

本書の作品をケータイ小説サイト「野いちご」で読んだことがありますか？
1. 読んだ　2. 途中まで読んだ　3. 読んだことがない　4. 「野いちご」を知らない

上の質問で、1または2と答えた人に質問です。「野いちご」で読んだことのある作品を、すでもご購入された理由は？　1. また読み返したいから　2. いつでも読めるように手元においておきたいから　3. カバー（装丁）が良かったから　4. 著者のファンだから　5. その他（ ）

1ヵ月に何冊くらいケータイ小説を本で買いますか？　　1. 1～2冊買う　2. 3冊以上買う　3. 不定期で時々買う　4. 昔はよく買っていたが今はめったに買わない　5. 今回はじめて買った

本を選ぶときに参考にするものは？　　1. 友達からの口コミ　2. 書店で見て　3. ホームページ　4. 雑誌　5. テレビ　6. その他（ ）

スマホ、ケータイは持ってますか？
1. スマホを持っている　2. ガラケーを持っている　3. 持っていない

学校で朝読書の時間はありますか？　　1. ある　2. 今年からなくなった　3. 昔はあった　4. ない

ご意見・ご感想をお聞かせください。

文庫化希望の作品があったら教えて下さい。

学校や生活の中で、興味関心のあること、悩みごとなどあれば、教えてください。

いただいたご意見を本の帯または新聞・雑誌・インターネット等の広告に使用させていただいてもよろしいですか？　　1. よい　　2. 匿名ならOK　　3. 不可

ご協力、ありがとうございました！

郵　便　は　が　き

104-0031

東京都中央区京橋1-3-1
八重洲口大栄ビル7階

スターツ出版（株）　書籍編集部
愛読者アンケート係

（フリガナ）
氏　　名

住　所　〒

TEL　　　　　　　　　　　　　携帯／PHS

E-Mailアドレス

年齢　　　　　　　　　　　　　性別

職業

1. 学生（小・中・高・大学(院)・専門学校）　　2. 会社員・公務員

3. 会社・団体役員　　.4. パート・アルバイト　　5. 自営業

6. 自由業（　　　　　　　　　　　　　　　　　　）　7. 主婦　　8. 無職

9. その他（　　　　　　　　　　　　　　　　　　　　　　　　　　　）

**今後、小社から新刊等の各種ご案内やアンケートのお願いをお送りしてもよろし
いですか？**

1. はい　　2. いいえ　　3. すでに届いている

※お手数ですが裏面もご記入ください。

まになっていた。

　それから、お風呂に入って体を温めた。

　今日は近くのファミレスからお弁当をデリバリーして、少し遅い夕飯をとった。

　そのあと、リビングでまったりしていたんだけど。

　ずっと私の頭の中では、あのことが渦巻いていた。

　だから、聞かずにいられなくて。

「伊緒くん、ほんとに行っちゃうの？　その、スタン、スタン……」

「言えてねーし」

　同じソファに座ってケラケラ笑う伊緒くんになんて、私の気持ちがわかるわけないんだ。

　ぐすんっ。

「スタンフォードね」

　膨れた私に、言い直した伊緒くんは、

「行くわけねーじゃん」

　あっさり言い放った。

「へ？」

「つか、行けるわけねえ」

「えと、」

　そうなの？

　なーんだあー。

「てか、ちゃんと別に志望校くらいあるし。もちろん日本で」

「あ〜、よかった〜」

　心の底から安堵していると、

「ふーん……」

　伊緒くんがニヤリと意味ありげな顔を見せる。

「モモは、俺がアメリカに行っちゃうと思ってさみしかったんだ」

「えっ、そ、それはっ……」

　視線を外して目を泳がせて姿勢を正す。

　すると、距離を詰めてきてピタッと横につく伊緒くんの体。

「正直に言いなよ」

「……っ」

　耳元でささやくように言われ、あっという間に全身が燃えるように熱くなってくる。

　だから～。

　耳元でささやかないでぇ～！

「そ、そりゃぁ……（ごにょごにょ）」

「ん？　聞こえない。もっとはっきりしゃべってくれるかなー」

　ううっ……。

「さ、さみしかったよっ……」

　恥ずかしさを抑えて、正直に言ってみる。

　今度はどんな言葉が飛んでくるのか覚悟していると。

「……ん」

　ポン、と頭の上に、伊緒くんの手。

　……へ？

　肩をすくめながら伊緒くんをそっと見上げると、いつに
なく口元をきゅっと閉じたまま、優しく私を見下ろしてい
た。

　ずきゅん!!

　そんな顔で見つめられたら私、心臓が破裂しちゃう
よ……っ。

「どこにも行かないよ」

　そして、肩に手を回して自分のほうへ抱き寄せた。

「……っ……」

　まるで、ずっと私のそばにいる。

　そう言っているように聞こえて、単純な私は、ただ嬉し
さに浸っていた。

　——このときの伊緒くんの気持ちになんて、全く気づか
ずに。

伊緒くんの苦手なもの

　休み時間。

「美雪ちゃんなに見てるの？」

　自分の机の上で雑誌を広げている美雪ちゃんの前の席に座って、私も同じようにそれをのぞき込んだ。

「なにか映画見に行きたいなーって」

　ファッション誌には、今上映中の映画情報が載っていた。

「映画かあ」

　昔はよく映画館へ見に行っていたのに、最近はめっきり行かなくなっちゃったなあ。

　子供のころは、ゴールデンウィークや夏休みや冬休みに上映されるアニメを、毎年伊緒くんと一緒に見に行っていたんだ。

　高学年になると、そんなこともしなくなっちゃったけど。

「これすごいね、好きな人と見に行ったらカップル成就率99％だってー」

　バーンと一番大きく宣伝されていたのは、旬の女優さんが主演しているラブコメディ。

　ヒーロー役もイケメン俳優さんで、テレビでは連日番宣してたっけ。

「こんなの、ただの宣伝文句に決まってんじゃん」

　美雪ちゃん、現実派だなあ。

「でもさ、彼氏と行ったらもっと愛が深まるって書いてあ

るよ！　美雪ちゃんも彼氏くんと行ってきたら？」
「なんでこんな宣伝に踊らされて見に行かなきゃいけない
のよー。私は恋愛映画よりアクションのほうが好きだし」
　なーんて言って、ちょっと照れてる感じがする美雪ちゃ
ん、可愛い。
　ふふふ。彼氏がいるって色々余裕もあるのかなあ。
「だったら、桃こそ葉山と見に行ってきたら〜？」
　いいなあなんて思っていると、美雪ちゃんにツンツンと
つつかれた。
　……うわあ。
　私に振られるとは！
「い、伊緒くんはこういうの絶対好きじゃないと思うし！
そ、それに……」
「それに？」
　言い淀んだ私の言葉を拾った美雪ちゃん。
「残りの１％に入っちゃったら困るなあ……って」
　カップル成就率99％ってことは、残りの１％があるわけ
で……。
　私がそれに該当しないとは言い切れない。
「だから、こんなのただの煽りなんだから細かいこと気に
しないのー」
「桃ちゃん、じゃあ俺と一緒に見に行こうよ」
「ひゃあっ！」
　どこから現れたのか、いきなり真柴くんが肩に腕を回し
てきたからびっくりする。

「それで、ちゃんと99%の中に入れるってことを証明しよう？」

　ニコニコと余裕の笑みを浮かべて。

「あはは……はは……」

　真柴くんて、いつだって神出鬼没だな。

　いったいいつから話を聞いてたんだろう。怖いっ。

「真柴、バスケ対決に負けたでしょ。往生際が悪いよ」

「だからそのときは我慢したじゃん。もうあれは時効で、改めて誘ってんの。ね、桃ちゃん、行こうよー」

「あはは、あはは」

　私は必死でかわしてたけど。

　もし真柴くんと行くなら、残りの１％に入っても問題ないよね……なんて思ったりした。

『え〜、そうなんですね〜！　あはははは〜』

　その日の夜。

　伊緒くんがお風呂に入っちゃって、ひとりでリビングでテレビを見ていたら、ブーンブーンとスマホが振動した。

　私のじゃなくて、伊緒くんの。

　誰かから着信みたいで、一度切れてまた鳴ったの。

　人のスマホをのぞくのはよくないけど、あまりにしつこく鳴るから急用だったら困ると思ってのぞいたら、そこには【母】の表示。

「母って……」

　なんてシンプルな。

　まあ、お母さんには変わりないから"母"で間違ってないけどさ。

　お母さんだったら、私もよく知ってるから要件だけ聞こうと思って、

「もしもし、光莉さん？」

　私が出たらすごく喜んでくれて。

　国際電話ってことも忘れて話が弾んじゃったんだ。

「出たよ——って電話中か」

　お風呂からあがった伊緒くんは、私が電話しているのを見ると、声をひそめてそのままキッチンに向かいお水を飲み始めた。

「伊緒くんお風呂から出たけど、代わりましょうか？」

『いーのいーの。あの子とは特別話すこともないし。ただ様子を聞きたかっただけだし、桃ちゃんと話してたほうが楽しいもの』

「そんなこと言ってー」

　と言いながらも、私も光莉さんとの久々のおしゃべりが楽しくて、ほんとは替わりたくなかったりして。

　日本にいるときも、お母さんたちはお互いの家をしょっちゅう行き来してたから、光莉さんが家に来るときは私も交ざって女同士でよくしゃべってたんだ。

　伊緒くんは、私に気を使ってか、リビングを出ていく。

『それはそうと、あの子自分の好きなものばっかり作ってない？』

「え？　伊緒くんが作ってくれるお料理どれもおいしいか

ら大丈夫ですよ」

『そうじゃなくて、ピーマンはどう？　自分が作るのをいいことに、絶対にピーマンの入った料理はないでしょ』

「えっ!?　伊緒くんてピーマン苦手なの？」

　それは初耳だ。

『子供じゃないんだからね〜。なんとか食べさせようと小さくして混ぜてもすぐに察知してよけるくらいなんだから』

「うそーーーー！」

　あの完全無欠の伊緒くんに、苦手な食べ物があったとは！

　はっ！

「そう言えば、前にチンジャオロースをリクエストしたら、却下されました！」

『あー、チンジャオロースはもうピーマンがメインだもの　絶対作らないわよ』

　そうだったのか。

『桃ちゃんにもピーマンが食べられないこと秘密にしてるのね。きっと、必死に隠してるのよ』

「どうして隠す必要が……？」

　言っちゃったほうが、堂々とピーマンの入った料理を作らなくて済むはずなのに。

　おかしいの。

『そりゃあ決まってるでしょ。桃ちゃんにカッコ悪いところを見せたくないのよ〜。ピーマンが食べられないなんて、

お子ちゃまだもの。ふふふっ』

　そう言って笑う光莉さんに、なんとなく納得。

　だけど、私の前でカッコつける必要があるのかなあ。

　そっか！

　いつも私をペット扱いしてるから弱みを見せたくないんだな。

　でもいいこと聞いた！

　──カチャ。

　再び伊緒くんがリビングに戻ってきて、まだ電話している私を見てぎょっとしたように目を見開く。

「まだ電話してんの」

　小声だけど、呆れたように言われて。

「伊緒くんが、呆れてます」

『じゃあそろそろ切るわね。ごめんね長話しちゃって』

「全然！　またおしゃべりしましょうね～」

　そう言って、通話を終えた。

「ごめんね～。リビングにいてもらって全然大丈夫だったのに」

「それにしても長電話すぎない？　誰としゃべってたの？」

「えっとね、光莉さん」

「ブーーーッ！」

「わあっ、伊緒くんてば汚いよ～」

　ペットボトルのミネラルウォーターを飲んでた伊緒くんが、噴き出したんだもん。

「待って。誰としゃべってたって？」

　濡れた口元をぬぐいながら。

「だから、光莉さんだよ」

「それ、もしかして俺の母親だよね？」

　伊緒くんが眉をひそめる。

「うん、もしかしなくてもそうだよ」

　光莉さんっていったら、伊緒くんのお母さんしかいないのに。

「はあ……信じらんない……つうか、それ俺のスマホじゃん!!」

　私が持ってるスマホを指さして、大声をあげる。

「あっ、そうそう。ごめんね。だって、何度も鳴るし伊緒くんお風呂だし、海外からだから急用だったら大変だと思って」

「……で、急用だったの？」

「うん？　……でもないような……」

　まあ、近況を聞かれただけだし。

　あとは、いつものようにただのおしゃべりだったし。

「だよな……俺に代わってねーんだもん」

　はーってため息をつきながら、隣に座ってスマホを奪い取る。

「うわっ、35分て。人の親とよくそんな長話しできるよなあ」

　通話履歴を確認して、また呆れる伊緒くん。

「伊緒くんこそ、自分のスマホどこにいったか探してなかったの？」

「俺はスマホに依存してないからね」

「それはいいことだよ！」

　人に使われてるのに気づかないくらい、スマホがなくても平気なんて。

「とか言って、勝手に人のスマホでしゃべってたこと正当化しようとしてるだろ」

　伊緒くんの目が怪しく光る。

「してま、せんよ……？」

　フルフルと首を横に振るけど、伊緒くんはじりっじりっと距離を詰めてきて。

「きゃっ……」

　──バタン。

　あっけなく私の体はソファにひっくり返される。

　──ドクン、ドクン……。

　だから、こういうことされるとドキドキしちゃうんだってばあ。

「モモは何回お仕置きされたらわかるの？」

　おでこからなでつけるように、手を上から下へ下ろしていく。

　伊緒くんの親指が……私の唇をなぞる……。

「ごめ……っ……」

　口を開いたら、伊緒くんの指が半分入っちゃって。

　そのまま閉じれなくなる。

　い、伊緒くん……？

　至近距離で見つめ合ったままどうしていいかわからなくて、固まってしまう。

「それとも、お仕置きされたくてわざと？」

「へっ？」

「ふっ……」

　すると、おもしろそうに笑った伊緒くんは、私の口から指を抜いて。

　ほっとしたのも束の間。

　その手をまた下へ滑らせていくから慌てた。

　伊緒くん、一体なにをするの!?

　ヘンな体勢で倒されちゃったから、ちょっとシャツが捲れてて。

　こっそり下に引っ張ろうとしたら、その手を取られて。

「……ひゃあ〜っ」

　脇腹のあたりに、ひんやりした伊緒くんの手がじかに触れた。

　ビクンって体をのけぞらせて、ヘンな声が出ちゃう。

「いい反応……」

　服の中に伊緒くんの手が侵入してくる。

「やっ、やめてっ……」

「もっと嫌がれば？」

　むしろ楽しんでる。

　ほんとに困ってるのに。

　楽しんでるなんて趣味が悪いよ、伊緒くん！

　――と、とっさに私の口から出たのは。

「伊緒くん、ピーマン苦手なの？」

　伊緒くんの動きがピタッと止まる。

　めったに、いや、見たことないくらい驚きに満ちたって顔……。

　その顔にはたしかに焦りの色がにじんでいて。

　あ、これはもしかして地雷だったのでは……と思ったときには遅かった。

「それ以上言ったら、その口ふさぐからな」

　ふ、ふさぐとは！

　それは、よくヤクザものとかである「二度と口をきけなくしてやる」的な？

　それは嫌だ！

　ぶるるるん、と首を横に振る。

　やっぱり、知られたくなかったことなのかな？

　そうだよね。

　今まで私が知らなかったんだから、必死に隠してたのかも。

「それ、どこ情報？」

　お仕置きする気力がなくなったのか、伊緒くんは起き上がり、はーっと息を吐いて頭をくしゃくしゃっと掻く。

　まだしっとり濡れたままの髪の毛が、無造作に動いて。

　カッコいいなあって見惚れちゃう。

「ねえ」

　そのカッコいい顔がこっちを向いて、どきんと跳ねる胸。

「あ、えっと、たった今、光莉さんから」

「それはまた、ほやほやの情報で」

　正直に言うと、頬を引きつらせながら鼻で笑われた。

「いやっ、でも苦手なものがあるって普通だよ!?」

　私は必死に弁解。

「ピーマンが苦手だからって、幼稚園生みたいだなんて思わないもんっ!」

　すると、さらに顔を引きつらせる伊緒くん。

　あっ……!

　私まずいこと言ったかな?

「それ、何気にものすごーいバカにしてるよね」

「ちがっ、伊緒くんも人間だったんだなーって」

「……今まで俺のことなんだと思ってたの?」

「超人偉人達人変人!」

「……いっこヘンなのまざってたけどな」

　眉をしかめて不服そう。

　ヘンなのって?

　まあいいや。

「でも、なんだか急に親しみがわいてきたよ!」

　ピーマンが食べられない伊緒くん。

　なんかいいよね!

「今まで親しくなかったのかよ」

「だって伊緒くん完璧すぎて、この世のものとは思えないと……」

「だから、さっきからディスってる?」

「ぜんっぜん!」

　これ以上ないくらい褒めてるはずなんだけどなあ。

　伊緒くんは、手のひらを天に向けて首をすくめてみせる。

　まんざらでもなさそうな伊緒くん。
　……不満みたいだけど、私が思ってる伊緒くんのよさは
伝わった……よね？

モモの好きなタイプ【伊緒side】

モモの家にやってくるとき、段ボールに適当に必要なものを突っ込んできた。

家は隣だからいつでも取りに帰れるけど、面倒だし、漫画やゲームを入れて持ってきたものの、結局そのままになっていた。

いつまでも部屋に段ボールがあるのもジャマだし、整理しようとして開けると。

「こんなの入れてきたっけ？」

1冊の漫画を手に取る。

持ってきた漫画にまぎれてたんだな。

小学生のときに流行った『毒舌執事』だ。

このヒーローにモモが憧れてるっていうから、買って研究したんだ。

そしたらとんでもない男で。

こんなやつを好きになるとか、モモのセンスを疑ったよね。

でも、そんなモモを好きになったのは俺だし。

少しでもモモの好みに近づこうって努力した結果、今の俺が完成したわけで。

まあ、それはそれで悪くなかったかなって。

なんて、浸っていたら、

「伊緒くーーーーん」

　バァァーーーンと勢いよく部屋のドアが開いた。

「うわあああっ！」

　いきなり入って来たモモに、必要以上に驚いてしまったのは、この漫画を持っていたから。

　そしてその漫画は驚いたはずみで宙を舞い。

「あっ……！」

「あれ？」

　床に転がって、俺が拾うより早く、モモの手に渡ってしまった。

　……勘弁してくれよ。

「わー、懐かしい！　これ、小学生のときに流行ったよね！」

　目を輝かせて、中をパラパラめくる。

　俺が少女漫画を読んでるとか、突っ込まれたらなんて弁解すればいいんだ。

　焦る俺にのんきなモモの声。

「伊緒くんも読んでたんだー」

　漫画に目を落としながら。

　……ん？

　俺が少女漫画を持ってること、キモいって思わないのか？

「ん？　どうしたの？」

　なにも言わない俺を不自然に思ったのか、漫画から顔を上げてたずねてくる。

「いや……それ少女漫画だから」

　自爆しに行ってるようなものだが、そのほうが楽だと

　思ったんだ。

　すると、驚いたような顔でこんなことを言ってきた。

「だって、少年漫画だって女の子も読むでしょ？　少女漫画を男の子が読んだって全然おかしくないよ」

　……そういうモモの考え、キライじゃない。

　むしろ、好きだ。

「その……シュン、だっけ？　すげえ人気あったよな……」

　チラチラ横目で見ながら、モモの反応をうかがう。

「あったねー！」

　もしかしたら、モモは忘れてるのかもしれない。

　シュンのことが好きだったことを。

　思い出せば、俺と被って——。

「私は、キライだけど」

　————は?????

　今、なんつった？

　シュンが、キライ？

　俺の耳はおかしくなったのか？

　モモの口から出てきた言葉が理解できなくて、固まってしまう。

　藤代高校の特進に通ってる俺が、モモの言葉を理解できないなんて。

「ど、どしたの伊緒くん。なんかあごが外れそうだよ……」

「……っ」

　そう言われて、とんでもなくマヌケ顔になっていることに気づき、「んんっ」と咳払いして、顔を正す。

「そ、その、モモはシュンのこと、す、好きだったんじゃ、ないのかよっ」

　俺は小学生かよ！って自分で突っ込みたくなるような言い草に、笑えてくるけど。

「ううん」

　おいおい。

　そんなあっさり返されても。

　マ・ジ・で!?

「いや、みんなそのヒーローのことが好きだっただろ！毒舌でちょっと冷たいところがいいとか騒いでよー」

　そうだ。そうだったはずだ。モモは忘れてるんだ。

「そうだったよね。みんなシュンくんのことが好きで、アニメの次の日はその話題で持ち切りだったもんね」

　おーおー。

「だから、そんななか、私ひとりでシュンくんが好きじゃないって言えなくて」

　は？

「無理して合わせてたんだー。私、優しい男の子が好きなの。えへっ。なーんか当時の私、可愛いっ」

　はあっ!?

　えへっ、じゃねえよ、えへっ、じゃ。

　待てよ。

　優しい男が好きって。

　ってことは、シュン……いや、毒舌な男は全然好きじゃないってことか？

「あー、だからか！」

　ひらめいたように、両手をパチンと合わせて俺を見るモモ。

「そう言えば、伊緒くん、急にそっけなくなった時期あったよね」

　ギクッ。

「もしかして、シュンくんの真似してたの〜？」

　一番言われたくないやつ。

「ばっ、バカじゃねえの。んなことあるかよっ!!」

　くるっと後ろを向いた俺の顔は、きっと気まずさで真っ赤に違いない。

　ってことは。

　変わった俺のことを、モモは冷めた目で見てたとか？

「でも、もうそれはそれで伊緒くんって感じだから、今となっては全然いいけどねっ」

　ってことは、当時はやっぱりだめだったってことじゃねえか!!

「これ久しぶりに読もうかな。借りてくねっ」

　そう言って、その漫画を手にモモは部屋を出ていった。

「はあああ……」

　俺は魂が抜かれたみたいにベッドの上に倒れ込む。

　そんな話ってあるかよ。

　モモに好かれたくて、やりたくもないキャラの真似して。

　じつは、そのキャラが好きじゃなかったとか数年後に知らされるオチ。

　しかも、真逆の優しい男が好きだと聞かされて。

　俺はその夜、あまりにショックすぎて寝返りばかり打ち、
一睡もできなかった。

伊緒くんとデート？

　６月下旬のある日曜日。

　お昼ご飯を食べ終わってのんびりしていたら。

「どっか行くー？」

　って、伊緒くんが。

「えっ!?　どっかって、どこ!?」

　伊緒くんがどこかに誘ってくれるなんて初めてのこと
で、心が躍った。

　食料品や日用品の買い物は行くことがあるけど、そのと
きは「トイレットペーパーないから買いに行こう」とかそん
な風に言ってくるし。

　てことは、今日のはそれじゃないよね？

「まあ、その辺？」

　その辺てことは……。

「公園、とか？」

　思い浮かんだのは、近くの公園。

　っていっても、それなりに広くて、休みの日には親子連
れでにぎわうようなところ。

　今日はいい陽気だから人もきっと多いはず。

　すると、伊緒くんがキョトンとして言った。

「プッ、俺たち、子連れ？」

「……っ！」

　とんでもないワードが飛び出して、思わず声が出なく

なっちゃう。

　だって、子連れ……って。

　私と伊緒くんに子供がいるってこと……？

　きゃぁ———————！

「いや、なんで黙るの」

「そ、それはっ、伊緒くんがヘンなこと言うからっ」

　プイッと顔をそむければ、追いかけてくる瞳。

　私をのぞき込む顔は、いたずらな心に満ちている。

「とにかくどっか行こうぜ。真柴とのバスケ対決で勝ったからいいだろ」

　あ！　そんなのあったよね。

　そんなのなくても、伊緒くんから誘われたら絶対行くのに！

　それからすぐに出掛ける支度をして家を出た。

　行先は、電車で3駅の大型ショッピングモールに決定。

「早く行くよ。モモのペースで歩いてたら日が暮れる」

　伊緒くんはそう言うと、私の手を取って引っ張るように歩いていく。

　手をつなぐ……なんて甘いものとは違う。

　これ、リードにつながれたイヌだよ。

　やっぱり私はペット？

「ほんと伊緒くんって、シュンくんみたい」

　ぽつりとつぶやけば。

　振り返って足を止めた伊緒くんの全身に、不穏な影が見えた。

「え……あの」

　不吉なオーラに、なにかいけないことを言っちゃったのかと口をつぐむ。

「……それ、言わないで」

「う、うん……？」

　伊緒くんの前で、シュンくんの話は禁句みたい。

「それはそうと、なにを買うの？」

　私を連れて買い物なんて。

　なにかあったかなー、と考えて。

「あーわかった！　例の抱き枕？」

　あの、とんでもないサイズのやつ。

「でも、そんなの売ってないよー」

「知ってるわ。てか、買うのやめたつったよな」

「あ、そうだった」

　私で試したら抱き心地悪かったんだったよね。

　あのときのことを思い出して、ポッと顔が熱くなれば。

「なに真っ赤になってんの？」

　ってからかわれるし。

「な、なってないもんっ」

「なってるなってる。なんなら、またやってあげようか？」

　不意に腕を体に絡めてくる伊緒くん。

「うわっ、やめてっ！」

　こんな街中で。

　みんな見てるよ〜。

　見てるといえば。

　学校でもあれだけ視線を浴びる伊緒くんのこと。

　繁華街へ来れば、どんな年代の人も女性はみんな伊緒くんのこと二度見するんだよね。

　それほどのイケメンってことだ。

　あ……。そのとき、あるものが目に入って足が止まった。

　昔、伊緒くんとよく行った映画館だ。

「なにしてんの？」

「小さいころ、よく一緒に映画見に来たよねーって思って」

　毎年楽しみにしていて、幼いころの思い出として今でもはっきり残ってる。

　そこには、上映中の作品のポスターがいくつか大きく掲げられていた。

　その中には、好きな人と見たら、恋が成就するってウワサの映画のポスターも。

「たまにはどう？　一緒に映画でも」

　せっかくここへ来たんだし伊緒くんと一緒に見れたらなあって思って、言ってみたけど、

「映画とかダル、それよりゲーセン行こうぜ」

　そう言って、映画館の上に併設されているアミューズメントパークを指す。

　……しょぼん。

「あ……あの映画、一緒に見たら99％恋が成就するって言われてるやつで」

　それでも、だめ押しで映画の宣伝文句を口にしたら、

「なんだそれ？　そんな迷信信じてんの？　てか、そうやっ

て集客しようとかやり方エグいなー」

　余計に見る気を失わせちゃったみたい。

　そうだよね。

　私との恋を成就させる気のない伊緒くんには、そんなの関係ないもんね。

　私は笑ってごまかした。

「はははっ、だよねー。じつはね、真柴くんに見に行こうって言われて───っ!?　ええっ、伊緒くんっ!?」

　そんな話をしていたら、急に私の手を引っ張るから、足がつんのめっちゃう。

　そのまま映画館の中へ入ると、伊緒くんは機械を操作してチケットを発券して。

「ちょうど始まるな」

「え?　え?」

　あれよあれよという間に場内に入っちゃう。

「はい」

　渡されたチケットを見ると。

　なんと!

　私が見たかったあの映画だった。

「えっ!?　なんで!?」

「そんなに驚かなくても……」

「だって……映画とかってダルいって……」

「そんなこと言った覚えないけど　映画は人の心をはぐくむ大事な情操教育のひとつでもあるんだから、見たほうがいいんだよ」

「は、はあ……」

　なんだか、難しいこと言ってるな。

　まあ、それはさておき。

　どうして気が変わったのかわからないけど、伊緒くんと映画が見れるんだから結果オーライだよねっ。

　やがて上映が始まって。

　少女漫画の王道設定なラブコメで、すごく楽しく見ていたんだけど。

　話が展開するにつれて、だんだん切なくなってきたんだ。

　主人公のふたりに共感して、映画の世界に入り込んじゃう。

　でも、途中ある事実がわかってから、私はだんだん落ち着かなくなっていた。

　映画について内容をなにも知らなかったのを、こんなに後悔したことはなかった。

　ヒロインがヒーローに言う。

『雅樹が私に構ってくれるのは、腕にある傷のせいなの？』

　そう。ヒロインは、昔ヒーローがふざけて火遊びをしたせいで腕にヤケドを負ってしまい。

　半袖になると見えてしまうその傷痕を気にして、ヒーローが『俺が責任を取る』と言って、ずっとそばにいたのだ。

　……それが、まるで私と伊緒くんのようで。

　伊緒くんは言葉にはしないけど、気にしてるのは知ってる。

　いつだって、私のおでこの傷を確認して。

　私に触れてくるのは、それを確認するためだと思うんだ。

　もしかして。

　伊緒くんも責任を感じて、私のそばにいてくれてるの？

　考えないようにしてたのに、この映画のせいでその想いがより強くなってくる。

　やがて映画が終わった。

　恋が成就するという触れ込みのこの映画は、もともとカップルの人たちはその恋がさらに続くといわれているだけあって、周りはカップルだらけ。

　最終的には号泣映画だったため、涙する彼女の肩を優しく抱く男の人がほとんど。

　だけど私たちは。

　涙すら流せず、映画の余韻に浸っているからでもなくお互い無言で。

　なんとなく、周りの流れに乗るように席を立つ。

　映画館を出ると外はもう暗くなっていて、

「帰ろっか」

「……うん」

　言葉少ななのは、きっと伊緒くんも私と同じことを思ってるからだと思う。

　それがわかって、胸がひりひりと痛んだ。

LOVE♡5

伊緒くん離れします

　昨日は、家に帰ってから、伊緒くんはいつもの明るさを取り戻した。

　私もそれになんとなく合わせて、なにもなかったみたいにふるまった。

　それでも、一度感じたおかしな空気はなかったことにはできない。

　わかってたくせに見ないようにしてきた伊緒くんの本心を、予告もなくさらけ出されちゃったんだから。

　バカなふりをして、私がなにもわからない素振りができればよかったのに。

　いつもおバカなのに、どうしてこう肝心なときに本領が発揮できなかったんだろう。

　……それはやっぱりおバカだからだ。

「はぁぁぁぁ……」
「どうしたのー、ぼんやりして」

　自分の席でぼーっとしていたら、真柴くんがにょきっと横から顔を出してきた。

「うーん……」

　今は相手にする余裕がなくて、生返事をしてしまう。

「眠たいの？」
「うーん……」

「お腹すいたの？」

「うーん……」

「じゃあ、俺と付き合おっか」

「うーん……」

「えっ、マジで!?」

「……っ!?」

　いきなり両手を握られて、意識がここに戻ってきた。

　え、今なんて言ったの？

　目の前の真柴くんは、目をキランキランさせている。

「えっと、あのぅ……」

　状況がつかめなくて、あたふたしちゃう。

「俺と付き合ってくれるんでしょ？」

「ええっ!?」

　なんですと!?

「付き合ってって言ったら、うんって言ったよ」

　あはは……真柴くんたらまた……。

「ごめんっ、よく聞いてなくて」

「チェッ。なんだよー」

　頬を膨らませて可愛らしくすねる真柴くん。

「……ご、ごめんね真柴くん……」

「いーけどさー。よくないのはその呼び方！　真柴くんだ
なんて他人行儀な！　いいかげん、善って呼んでよ〜。あ、
もしかして伊緒くんになんか言われてる？」

　……ここで突然、伊緒くんの名前が出てとまどった。

「えっ？　えっとぉ……」

「あはは〜そのとおりなんだ〜」

　動揺を隠せなくて笑われる。

「てか、伊緒くんてなんなの？　桃ちゃんのことすっごい監視して。だって、付き合ってないんでしょ？　あ、もしかして保護者気取り？」

　真柴くんのマシンガントークをぼんやり聞いて。

　……そうだよね。

　伊緒くんにとって私は決して“女の子”じゃなくて。

　なにもできない私の面倒を見てくれる保護者みたいなもの。

　それもきっと……負い目があるからだ。

　放課後、私はこっそり宇野くんを呼び出した。

「どうしたの？　伊緒にバレたら殺されそうなんだけど」

　伊緒くんを警戒している彼は、小声になってあたりをチラチラ見回している。

　殺される、なんておおげさな。

「ごめんね、聞きたいことがあって」

　でも私も、目を泳がせてかなり挙動不審になってるはず。

　今から私は、すごい聞きにくいことを聞こうとしてるから。

「えっと……。宇野くんの恋愛対象って……女の子？」

　こういうの、プライベートに深く関わることだから迷ったけれど。

「は、はあ？」

　思ったとおり、不思議な質問だったみたい。

　宇野くん、目をまん丸にしちゃった。

　さっきまで小声だったのに、そんなことも忘れたみたい
に素っ頓狂な声をあげた。

「いやっ、あのっ。今の時代、多様性とかあるでしょ？
男の子だから女の子を好きになるのが当たり前じゃないみ
たいな……」

　なんとかそう伝えると、質問の趣旨は理解してくれたみ
たい。

　ほうほう……とうなずいて、宇野くんは少し照れながら
言った。

「俺は一応……女の子が恋愛対象だけど……」

「そっか……」

　そして、ここからが本題。

「じゃあ……い、伊緒くんは……？」

　ゴクリ。唾を飲んで宇野くんの口元に集中。

　宇野くんのことは前振りで、本当に聞きたかったのは
こっち。

「伊緒？　そりゃあ……ねえ？」

　なんて、ほぼ笑みながら同意を求められても困っちゃう。

　今の今まで、伊緒くんは宇野くんのことを好きだと思っ
ていたんだから。

「もちろん、女の子だよ？」

「……っ」

　やっぱり。

　本当だったら喜ぶところなのに、今の私はまったく喜べなかったんだ。

「そ、そう……」

「え、なんでそんなにガッカリしてるの!?」

「ありがとう……」

　お礼を言って、すーっとその場を離れる私は魂が抜けた人みたいだったはず。

「え？　鈴里さん？」

　その背中に呼びかける声が聞こえたけど、私はそのままその場を離れた。

　伊緒くんは、『女には興味がない』と言ってあらゆる告白を断ってきた。

　それを聞いて、伊緒くんは男の子が好きなんだと思ってた。

　その相手はきっと宇野くん……。

　だから、いつも宇野くんを牽制してた。恋のライバルだと思って。

　だけど、それは大きなカン違いで。

　……伊緒くんは、私のおでこの傷を気にして、誰かと付き合うことを拒否していたんだ。

　だから『女には興味がない』なんて言って。

　この傷の責任を取るために。

　あの映画のヒーローのように。

　だからこそ、あの映画を見たあと私と同じように気まずくて無言になったんだ。

　なにも思ってなければ、あんな空気にはならなかったはず。

　いつもおでこを確認してくる時点で、なにも思ってないはずはないのにね。

　そんなの……だめだよ……。

　——だから、私はさっそく実行したんだ。

「うわあっ！」

　おっかなびっくり、フライパンの中にお肉を投入したら、手に油がはねてきた。

　慌てて、水道の蛇口をひねって手を冷やす。

　ううっ……。

　痛い……。

　これ、ヤケドしちゃったのかなあ。

「あっ！」

　水で冷やし続けていたら、お肉のことをすっかり忘れていて。

　慌てて火を消すと、フライパンの中の豚肉は焦げてカリカリになっていた。

「うそー……」

　伊緒くんに頼ってばかりいないで自立しよう。

　そう考えた私は、伊緒くんに任せっきりだったご飯作りから始めてみようと思ったんだ。

　冷蔵庫になにがあるか把握もできていなかったから、学校帰りにスーパーに寄ってきたの。

　初心者が作る定番メニューといえばカレーだよね。

　カレーなら、調理実習でも作ったことがあるから私にもできそうだし。

　切って炒めて煮込むだけ……とっても簡単だと思ったのに。

「はあああ……」

　油の洗礼を受けるとは。

　そのあとも、まあ散々だった。

　じゃがいもの皮をピーラーで剝いてるときも、思いっきり動かしすぎて手の皮までむいちゃうし。

　玉ねぎを切っているときにも指を切っちゃった。

　だけど、きっと誰でも最初はこうだよね。

　回数を重ねていけば、きっと上達するはず……！

「なにしてんの？」

「うわあっ！」

　突然声がして、驚きすぎてお鍋で混ぜていた野菜が飛び出してしまった。

　必死すぎて、伊緒くんが帰ってきたことにも気づかなかったんだ。

「お、おかえり……」

「これは……？」

　伊緒くんは、足元に転がったじゃがいもをつまんで首を傾げている。

「じゃ、じゃがいもだよ……っ」

「まあ、トマトには見えないよな」

　……ええっ？

「そうじゃなくて、なにをしてるの？ってこと」

「……み、見ればわかるでしょ、ご飯作ってるの」

　それを奪い取って、水で洗ってからもう一度鍋へ投入した。

　洗ったから大丈夫だよね。食材は大事にしないと！

「なんで？　ご飯は俺が作るよ。そういう話だよね」

「いいのっ、これからは私もやる……！」

「……どうしたの急に」

「だ、だって。伊緒くんばっかりにやってもらったらだめだもん」

「今までそうしてきたじゃん。てか、俺ばっかじゃないだろ？　ちゃんと分担して──」

「やるったらやるの！」

　言葉をさえぎって力強く言うと、伊緒くんは目を見開いた。

　……驚いたよね。

　なんでもついていくばかりだった私が、伊緒くんに啖呵を切るなんて今までなかったもんね。

「もうすぐできるから、待ってて」

　私の背後で作業を見守る伊緒くんを気にしながらも、なんとかカレーを作り終えた。

　ほかほかの白いご飯にかけられた、黄金色のカレー。

「見た目はうまそうだな」

　いただきました、見た目の合格！

　あとは、肝心の味だ。

　スプーンを口へ運ぶ伊緒くんの感想を、じつはちょっとびくびくしながら待っていると。

「おいしいよ」

「……よかった」

　と、安心してから思い出した。

　そうだ。

　伊緒くんは甘いステーキでも食べられるって言ってくれたんだ。

　いつも毒舌なのに、本当に人が傷つくようなことは言わないの。

　伊緒くんは、本当は優しいから……。

　それから私も食べてみたけど、いたって普通のカレーで、おいしいかはわからないけど、じゅうぶん食べられる味だった。

　そりゃあ、決められた分量の水で煮込んで、決められた量のルーを入れたんだから当然か。

　お肉は焦げちゃったけど、お肉のエキスはちゃんとあるはずだし、歯ごたえが出たってことでよしとしよう。

　ステーキでさえ失敗した私にしては、上出来だよね！

「でもさ、それ……」

　伊緒くんの視線が私の手元に落ちた。

「あっ……これは……」

　とっさに左手を机の下に隠した。

　でも、スプーンを持っている右手に貼られた絆創膏（ばんそうこう）は隠せてない。

　カレーを作っている間にケガしたところに絆創膏を貼っていたんだ。

　油がはねたところも、水ぶくれになっている。

　眉をひそめてる伊緒くんに、宣言する。

「慣れれば大丈夫だって！　それに、私だって料理できないと困るじゃん。いつかお嫁に行きたいもん。いつまでも伊緒くんがいるわけじゃないんだから、へへへっ」

「…………」

　伊緒くんはなにか言いたそうにしていたけど、今日は珍しく突っ込んでこなかった。

　それからは、カチャカチャとお皿とスプーンのぶつかる音が聞こえるだけ。

　……これも伊緒くんのためだから。

　伊緒くん離れの第一歩だと思うと切なくて、モグモグかみしめるカレーの味なんて、ちっともわからなかった。

　お風呂上がり、私は洗面台で鏡を見ながらおでこに薬を塗った。

　この薬、今ある傷が目立たなくなるんだって。

　今日、夕飯の買い物をしたときに見つけて一緒に買ってきたの。

　前髪をあげると、少しくぼんだ傷痕が見える。

　少し、周りの肌の色とも違う。

　これがある限り、伊緒くんは私に縛られちゃうんだから。

　ごしごし、ごしごしって、刷り込むように私は薬を塗り続けた。

伊緒くんとケンカ

「お小遣いよし！　トランプよし！　お菓子よし！」

　明日から２泊３日で行く、学校行事の交流キャンプ。

　要は、みんなで親睦を深めましょうってことで、県外の森林にある宿泊施設に１年生全員で行くのだ。

　今は荷物の最終チェックをしているんだけど……。

「あーっ、懐中電灯の電池が切れてるっ！」

　念のためスイッチを入れてみたら、なんと明かりがつかなかったんだ。

　電池は単１。予備の電池なんてない。

　今から買いに行く……？

　でももう夜９時だし……。

　どうしようと思っていると、目の前にすっと差し出されたもの。

「はい、電池」

「うそっ、ありがとうっ!!」

「万一切れたらまずいと思って買っといた」

　用意がよすぎるでしょ、伊緒くんさすが。

　って、感心してる場合じゃないよね。

　伊緒くん離れするって言ってるそばからこれだ……。

「あ、自分でやるから！」

　そして、電池の入れ替えまでしてくれちゃってる。

　スイッチを入れて、明かりがつくことを確認する伊緒く

ん。

「はい、これで大丈夫」

　テントとコテージ、それぞれに1泊するこの交流キャンプでは、懐中電灯は必須。

　夜中にトイレに行きたくなったら困るもんね。

「……ありがとう」

　伊緒くんがいなかったら、私懐中電灯を持っていけないところだったよ。

　それをしまい、続けて大きな袋をバッグに詰めようとすると、伊緒くんから指摘が入った。

「それなに？」

　キラン、と目が光ってる。

　……ぎくっ。

「お、お菓子だよ……」

　バレたならしかたない、と開き直って袋を掲げて見せると、

「やっぱりね」

　引きつった笑いを見せる伊緒くん。

　……言いたいことはわかってます。

「お菓子は300円までだよ。それ、軽く千円は超えてるでしょ」

「小学生の遠足じゃないんだから大丈夫だって〜」

　アハハと笑った私に、伊緒くんは呆れたようにため息をついた。

「モモは限度を決めないと、いくらでも持っていきそうだ

からな」

　おっしゃるとおり、私の荷物のメインはお菓子なんじゃないかってくらいの量だ。

　大量に買いすぎちゃって、これでも選別したんだよ？
「友達と夜を過ごすのに、おやつは欠かせないかと、へへへっ」
「まあ、せっかくだからみんなと楽しく食べてきな」

　あれ？
　伊緒くんにしてはめずらしく寛容<ruby>寛容<rt>かんよう</rt></ruby>だ。
「そんでお土産にもお菓子買うんでしょ？　モモのバッグ、もうお菓子だらけになるんじゃないの？」
「すごい伊緒くん、よくわかったね！」
「……俺を誰だと思ってんの？」

　そう言われて悪い気はしない。
　私のことをよくわかってくれてる証拠だから。
「それに、チェックするところがおかしいよ。トランプにおやつって……。ちゃんとジャージは入れたの？　靴下やTシャツは？」

　そういう伊緒くんの準備は完璧みたいで、もうバッグの口は閉まっている。
　一方、私はまだバッグの周りには、これから入れるものたちが広がっていた。
「うん、大丈夫だよ」
「タオルは？」
「あっ、そうだった！」

　旅館やホテルと違って、タオルは自分で持っていかない
といけないんだ！

　パチン、と手をたたいて洗面所へ走る。

　そのあとを追いかけてくる伊緒くん。

「タオル、こっちに出しておいたからさ」

　そう言って、何個か束にして持っていってくれる。

「……ありがとう」

　なにからなにまで、伊緒くんがいなきゃだめだめの私。

　はぁ……と、とぼとぼとあとを追いかけながら、その背
中に向かって声をかけた。

「ねえ伊緒くん知ってる？　この交流キャンプでカップル
になると別れないんだって」

　柚ちゃんが所属している吹奏楽部の先輩も実際そうなん
だとか。

　キャンプっていう非日常の中で告白されると、気分も高
まって成功率もアップするみたい……っていう、柚ちゃん
の推測。

　もちろん、このジンクスは校内でも有名だから、気になっ
ている人がいる子たちは、もう告白する計画を立てたりし
ているみたい。

「なんだそれ」

　リビングに戻りながら、興味なさそうな声。

「２年の先輩にも、３年の先輩にもそんなカップルがいる
みたいなの。卒業した先輩にも！」

「……出た。またそのわけわかんないジンクスみたいの」

　あっ……あの映画と一緒じゃん。

　ようやく普通に戻れたのに蒸し返しちゃったかも……。

　やっぱり私ってバカだなぁと、おでこに手を当てる。

「だ、だから伊緒くんもっ……。もし、好きな人が同じ学校の子なら……告白してみたら？とか思いまして……」

　伊緒くんには幸せになってもらいたい。

　今までずっと私のそばにいてくれたんだもん。

　……とは、言えないけど。

　どうですか？という思いを込めて見上げると、伊緒くんは黙ったまま私の顔をジッと見ていた。

　そんな整った顔で見つめられて耐えられるほど私の心臓は強くできてない。

　不自然に目をそらして、どんな言葉が飛んでくるのかドキドキしてると、出てきたのは意外にも軽い言葉だった。

「ふーん。モモは俺に彼女を作ってほしいの？」

　逆に問いかけられて、一瞬言葉をのみ込んだ。

　でも、ちゃんと私の気持ちを伝えなきゃ。

「彼女を作ってほしいっていうか……ほら、好きな子がいるって言ってたし、告白するなら絶好のチャンスなのかなって……」

　相手は、宇野くんじゃなかったみたいだし。

「ほ、ほら、伊緒くんすっごい人気でキャーキャー言われて大変でしょ？　彼女さんできたら、そういうのも落ち着くかなって」

「…………」

「だ、だから私も、告白しよっかなぁ……なんて……」

　伊緒くんが返事してくれないから気まずくてベラベラしゃべった挙句。

　そんなことまで口走っていた。

「は？」

　すごい勢いで飛んできた「は？」

　今まで聞いたことのない、地底からわき上がるような怖い声に、一瞬ビクッと肩が震えた。

　……もしかして、怒ってる？

　おそるおそる顔を見上げると、整った綺麗な顔の真ん中にしわが寄っていた。

　ううっ。

「誰に？」

「えっとぉ……」

　その顔をまともに見られなくて、伊緒くんを追い越して荷物が散らばった床にペタンと座った。

　ふう……と息をついて、小さくつぶやく。

「ま、真柴くん……」

　カナちゃんたちに言われたんだ。

『交流キャンプで、真柴くんはマジで決めるみたいだよ』

　って。

　今まで、何度となく軽い調子で『付き合って』と言い続けてきた真柴くん。

　それはノリでかわせるようなものだったけど、まじめに告白されたらどうしたらいいんだろう……。

　もし、そうなったとしても私の答えはひとつだ。

　伊緒くんが好きだから、真柴くんとは付き合えない。

　だけど今はそう言うしかなかったんだ。

　真柴くんを利用しているみたいで申し訳ないけど。

「……はあ？」

　今度こそ、中身が読み取れる「はあ？」が飛んできた。

　確実に、意味不明って言ってる。

「モモ、あいつのこと好きだったの？」

「……いい人だもん」

　それはほんとだ。

　場が凍らないように、へへっと笑ったのに、伊緒くんは
１ミリも笑ってくれない。

　冷たく、凍ったような瞳。

　……どうしてそんな目をしてるの？

　私から開放されたら、伊緒くんは自由になれるんだよ。

「へぇ……勝手にすれば？」

　ズキンッ。

　そんな冷たい言葉が飛んでくるとは思ってなくて、胸の
奥がギシギシ音を立てて痛くなる。

「か、勝手にするもん」

　売り言葉に買い言葉を返した私に、

「じゃあ、あとはひとりで用意も頑張って」

　タオルを放り投げた伊緒くんは、そのまま２階へあがっ
てしまった。

「……っ」

　伊緒くん、本気で怒っちゃったの？

　でも、どうして？

「……はあ……」

　楽しみだった交流キャンプ前夜に伊緒くんとケンカしちゃうなんて。

　伊緒くんとはクラスが違うから関わる時間もないだろうし、しばらく仲直りできないじゃん。

　こんなはずじゃなかったのに。

　伊緒くん離れするのと、伊緒くんとケンカするのは全然違うのに……。

　伊緒くんが投げたタオルを拾って顔に当てる。

「もうやだよ……」

　私のつぶやきは、タオルの中へ吸い込まれていった。

「桃の好きなチョコだよ〜」

　揺れるバスの車内で、美雪ちゃんが、私の口元にチョコを持ってきてそのまま口へ入れてくれた。

　今日の朝は集合が早かったから、朝食もパンを突っ込んだだけであわただしく用意をして家を出てきた。

　それは伊緒くんも一緒で。

　昨夜の気まずい空気を引きずったまま特にこれといった会話もなく学校へつき、それぞれのクラスのバスに乗り込んだのだ。

「……ありがと」

　だけど私は作り笑いしかできない。

「どうしたの？　葉山とケンカでもしたの？」

　耳元でこそっとささやかれて、図星の私はまたずどーんと気持ちが沈んだ。

「まあまあ、そういう日もあるよね。でも大丈夫だよ！葉山だもん、すぐにケロッとするって！」

　うなだれた私の肩を美雪ちゃんが抱く。

　私だってそう思う。……今までだったら。

　でも、今回のはなんだか違う気がするんだ。

「私が悪いの。どうしよう……交流キャンプ終わるまで話せないし、時間が経つともっと気まずくなりそうで……」

　考えれば考えるほど、怖くなってきた。

「話すチャンスならあるって。レクは特進の人たちも一緒なんだし。葉山と話せたらいいね」

　静かにうなずいたところで、前の座席から頭をにょきっと出してきたのは真柴くん。

「桃ちゃんどうしたの？　今日はやけにおとなしいじゃん」

「い、いつもだよ……」

「ううん、違う！　俺、いつも桃ちゃんのこと見てるからわかるんだって！」

　そう言うと、周りから「ヒュー」なんて声があがった。

　それでも真柴くんは恥ずかしがる様子もなく、私にアメを差し出した。

「はいコレ！　桃ちゃんにあげるから元気出して！」

　強引に手のひらに落とされたのは、星形のアメ玉。

　水色で、キラキラ光っている。

　なんだかさっきから私、餌付けばっかりされてるなあ。

　そう思ったら、ちょっと笑えてきた。

　でも、みんな私を心配してくれてるんだよね。

　せっかくの行事なのに、雰囲気壊すようなことしちゃだめだ。

　自分で蒔いた種なんだから、うじうじしててもしょうがない。

「……ありがとう」

　真柴くんにお礼を伝えて、小さく笑った。

モモのそばにいたいけど【伊緒side】

あの日から、なにかが確実に変わっていた――。

俺がモモを買い物に誘い、映画を見た日。

この映画を見たら、カップル成就率99%だとか。

それを真柴と見に行くかもしれないと思ったら、いてもたってもいられなかったんだ。

けれど、早まったのかもしれない。

映画の内容もよく確認しないで見てしまい、後悔した。

まるで、俺たちのトラウマをえぐるかのような内容に、俺はずっと動悸がおさまらなかった。

……モモは、なにを思いながら見ている……？

怖くて、モモがどんな表情をしているのかも見れなかった。

……情けねえ。

それに、モモがおでこに薬を塗っているところを見てしまった。

ごしごしとこすりながら、丁寧に塗りつけていた。

あとでなんの薬か確認したら『古傷の痕が目立たなくなる』と書いてあった。

……知らなかった。

モモがこんなのを塗っていたなんて。

だよな。

おでこの真ん中に傷痕があるとか、気になるよな。

　痕が消えてほしいと願いながら……でも、消えなければ
いい……と悪魔な自分も混在してたことをおそろしく思っ
た。

　モモのそばにいたいからって、それは俺のエゴだと。

「おーい、朝から機嫌悪いなあ」

「うるせーな」

　キャンプ場へ向かうバスの中。

　瑛人が隣からちょっかいばかり出してくる。

「まあまあ、虫の居所が悪いこともあるだろ。ほっとけば
治るって」

　俺の扱いに慣れてる亮介は、前の席から振り返ってそう
言う。

　そのほうがありがたい。

　深く詮索されても、傷をえぐられるだけだからな。

　俺は窓の外をぼんやり眺めながら、目的地までバスに揺
られた。

　キャンプ場につき、俺は外の水道で手を洗っていた。

　それにしても……。

　モモが真柴に告白するなんて、夢にも考えたことはな
かった。

　真柴がモモを好きなのは明らかだったが、まさかモモま
で……。

「くそっ！」

　──ビシャッ。

　そう叫んだとき、隣の蛇口から水が飛んできた。

　俺の髪の毛が濡れて、前髪から水がしたたり落ちる。

「冷てえ……」

　なんなんだよ、いったい。

　踏んだり蹴ったりだと、そのまま顔を横に向ければ。

「うわっ、ごめんね？」

　一番見たくない顔が目に飛び込んできた。

　焦ったような顔をした、真柴。

「……んだよ」

　顔を振ると、さらに前髪からぼたぼたっと水が落ちた。

「蛇口がそっち向いてて……マジ、わりぃ」

　本当に悪いと思っているのかわからない顔でヘラッと笑う。

　それが余計に腹立たしい。

「俺の機嫌、さらに悪くしてくれたな」

「機嫌悪いとこ悪かったな……てか、それって桃ちゃんが元気ないのとなんか関係あんの？」

「……っ」

「桃ちゃんこの交流キャンプすごい楽しみにしてたのに、今日は朝から元気がなくてさ、心配してたんだよ」

　探るように、俺の顔色をうかがう。

「まあ……桃ちゃんの元気がなくなる原因なんて、伊緒くん以外にないか」

　そして、納得したようにつぶやく。

　なんだよそれ。

　俺以外にモモの元気がなくなる原因がないとか。

　モモはお前が好きなんだから、お前じゃねえの。

　……ってのは、言わないけど。

「伊緒くんさー、桃ちゃんのことマジでどう思ってるわけ？」

「……お前に関係ねえだろ」

「関係あるんだよ。あいにく、俺は桃ちゃんが好きだから」

　その目は、いつものヘラッとしたものではなく。

　モモへの真剣な想いが俺に伝わり、一瞬言葉が出なくなった。

　モモが真柴に告白する以前に、真柴がモモに告白するのか……？

　きっと、あのふざけたジンクスを真柴も知ってるはずだ。

「伊緒くんさー、桃ちゃんのこと好きなくせに、なんでコクんねーの？」

　俺の内心がわかっているのかいないのか、ストレートにそんなことをぶつけてくる真柴。

「じゃないと、マジでもらっちゃうよ」

　その目はマジだった。

「……っ、うるせえよ」

　こいつになんか、俺の気持ちがわかってたまるか。

　俺はくるりと踵を返して、ぎゅっとこぶしを握った。

　俺なんかが好きでいる資格もないのに、モモの傷が残っているのをいいことに、モモのそばに居座り続けている。

　俺は、最低な男だ──。

伊緒くんに無視された

施設に到着して、その日はみんなでお昼ご飯にカレーを作った。

カレーはこの間も作ったし、みんなに迷惑をかけることもなく順調に作業できた……と思う。

そのあとは体育館でレクをして、1日目の夜は、うちのクラスはテントに宿泊。

クラスの女子8人とテントで過ごす非日常な夜は、とっても刺激的で。

懐中電灯をひとつだけ照らして怪談を話したり、伊緒くんのことで滅入（めい）っている私にとっては少し気がまぎれた。

けれど、翌朝はやっぱり食欲がわかなかった。

「それしか食べないの？」

朝食バイキングで、ヨーグルトしかのっていない私のトレーを見て、美雪ちゃんが驚く。

「うん……」

「今日はこれからハイキングなんだよ。これも食べて。じゃないと持たないから」

そう言って、フルーツを盛り合わせたお皿をトレーにのせてくれた。

オレンジにパイナップルにメロンまである。

伊緒くんとのケンカで落ち込んだ私に、まるでお母さんみたいに世話を焼いてくれる美雪ちゃん。

「美雪ちゃんごめんね、心配かけて」

「謝らなくていいって！」

　ポンと肩をたたいてニコッと笑う。

　ほんと、美雪ちゃんには迷惑かけっぱなしだなあ……。

　ハイキングの班分けは、美雪ちゃん、カナちゃん、柚ちゃん。

　男子は真柴くんと、彼といつも行動を共にしている西野くん、宮地くんだ。

　気心知れたメンバーだし、今日は少しでも楽しめたらいいな。

　朝の点呼を終えると、さっそくハイキングがスタートした。

「高校生にもなってハイキングとか芸がないよなー」

「しかたないじゃん。この施設の中じゃそれくらいしかやることないんだから」

「まあそれもそっか」

　真柴くんと美雪ちゃんが笑い合う。

　他はアスレチックコースもあったけど、ハードそうという理由でハイキングコースを選んだのだけど……。

　ハイキングを始めて、すぐにそれが甘かったことを思い知らされる。

「これってハイキングじゃなくて山登りじゃない!?」

　息を切らしながらカナちゃんが文句を言う。

「ほんとだよー。私、肺活量には自信があるはずなのに結構やばいわー」

　吹奏楽部の柚ちゃんも、はぁはぁ言っている。

　私も同意。

　でも声が出ないくらい苦しくて、ただ足元を見ながら前へ進む。

　ハイキングというからてっきり見渡しのいい高原に遊歩道があって、季節の植物を眺めながら歩いていくのかと思ったら大間違い。

　険しい斜面があったり、道なき道を進むような感じで、地面からは枝が突き出していたり、それこそ周りの木を支えにしながら登らなきゃいけないところもあるんだ。

　だから、みんな軍手を着用。

「はぁ……はぁ……」

　周りを見る余裕もなく、開いた口から漏れるのは激しい息遣いだけ。

　ずっと足元ばっかり見て歩いていると、なんだか目の前が暗くなってきた。

　そう思った矢先、バランスを崩して体が斜めに傾いてしまった。

「うわっ……！」

　──ガシッ。

　倒れそうになったところを、とっさに助けてくれたのは真柴くんだった。

　強い力で引っ張られて、なんとかひっくり返るのをまぬがれる。

「大丈夫？　さっきからふらふらしてるけど」

　ずっと私の真後ろにいたのか、いつになく心配顔の真柴くん。

「あっ、うん。大丈夫だよ……」

　もしかしたら、貧血かも。

　すぐに視界の明るさは戻ったから、なんとか笑顔を作ってそう言ったけど、

「桃、大丈夫？」

「鈴里さん、リュック持とうか？」

　みんなも足を止めて、心配そうに声をかけてくれた。

　どうしよう。

　私のせいでみんなに迷惑かけちゃってるよ……。

　すると、真柴くんがこんな提案をした。

「みんな先に行ってていいよ。俺たちはあとからゆっくり行くから」

「えっ、そんなのいいよ。大丈夫だから！」

「そのほうがお互いにいいだろ？　桃ちゃんだって、みんなに気を使いながら登るともっとつらいと思うし」

「…………」

　だとしても、真柴くんには迷惑をかけることには変わりないのに。

「てことで、ほらみんな行って！」

　真柴くんが促すと。

「桃、ゆっくりでいいからね」「じゃあ上で待ってるね」と、口々にそう言いながら、みんなは先を登っていった。

「真柴くん、ごめん」

「いーのいーのって」

　……優しいなあ。

　それから、真柴くんはアリのように遅い私のペースに、嫌な顔ひとつ見せずに付き合ってくれて。

「桃ちゃん、ちょっと休憩しよう」

「うん」

　頃合いを見て、休憩も挟んでくれる。

　心臓がバクバクしてきたころだったから、休憩はすごくありがたい。

　みんながいたらそんなことできなかったし、改めて感謝。

　ちょうど切り株があって、そこに腰かけることにした。

「ふはー、生き返る～」

　配られたペットボトルのドリンクを飲んで、口元をぬぐう真柴くん。

　まだまだ余裕があるだろうに、おおげさにそんなことを言ってくれる彼に、優しさを感じた。

「そうだ。真柴くんチョコ食べる？」

「おー、食う食う」

　リュックからチョコを取り出して、真柴くんへ渡してから、私も口へ放り込む。

　疲れた体に隅々まで糖分が行き渡って、生き返ったような気分になった。

　チョコでもつまみながらハイキング……と思っていたのに、疲れた体への糖分補給用になるとは。

　休んでいると、激しく動いていた心臓のドキドキもおさ
まってきた。
「ちょーっと、なにこの枝〜、ジャマなんだけど〜」
　そのとき、別のグループがやって来たのか下のほうから
話し声が聞こえてきた。
　つられるように顔をあげて。
　やってきたグループを見て、息をのむ。
　それは、宇野くんや学食で会った鼻ピアスくんで……そ
れから伊緒くんもいたから……。
　——ドクンドクンドクン……。
　静かになったはずの鼓動が、また激しく動きだす。
　もちろん、さっきとは種類の違う心臓のドキドキ。
　そういえば、伊緒くんもハイキングって言ってたっけ。
　……どこかで会えたらいいなと思っていたけど、今会う
のは気まずいよ。
「葉山くん早いよ〜」
　伊緒くんの隣にいるのは、あのぐりんぐりんに髪を巻い
た女の子。
　ジャージの袖をしっかりつかんでいるのを見ると、伊緒
くんの腕を支えにして登っているみたい。
　そんな光景に、胸にチクッと痛みが走る。
「あ、充電ちゃんじゃん！」
　私に気づいたのは鼻ピアスくんで、その声によって伊緒
くんの視線もこっちへ流れて目が合ってしまった。
　ハッとしたような表情を見せた伊緒くんだったけど、

「瑛人、早く行くぞ」

　伊緒くんはそんな彼を不機嫌そうに促すと、ふいっとそのまままた前を向いて足を進めてしまう。

「あっ葉山くん、だから早いってばぁ～」

　手が離れてしまった伊緒くんを足早に追いかける巻き髪の彼女。

「鈴里さん、じゃあお先に」

「う、うん……」

　かろうじて、片手を上げて声をかけてくれた宇野くんにもロクに返事もできないまま、一行は私を追い越していった。

　……話せなかった。

　というか、無視された……。

　その事実が、胸の奥の傷をまた深くえぐる。

「なんか伊緒くん機嫌悪かったねー、ははは一」

　私に声をかけなかったことを、あえてそう表現してくれたのかわからないけど、ケンカしていることがバレずにしのげたのはよかった。

「……そ、そうだね」

　ただ。

　伊緒くんはまだ怒ってる。

　時間が経ってなにかが変わっていることを期待していた私には、今の伊緒くんの態度はきつかった。

　その後、なんとかゴール地点まで登ったものの。

　疲れと心の重みでいっぱいいっぱいで、美雪ちゃんの顔
を見た途端、涙があふれてしまった──。

伊緒くんと両想い

　なんとか気分を落ち着かせて迎えた夜。
「やっぱりコテージのほうが落ち着くねー」
「だねー」
　今夜は、私たちのクラスはコテージへ移動。
　テントと同じく8人部屋で、備え付けの2段ベッドに腰かけながら、美雪ちゃんが足をぶらんぶらんさせる。
「あ、西野くんから電話だ」
　カナちゃんがベッドからぴょんと飛び降りて、嬉しそうにスマホを耳に当てた。
　カナちゃんは、ハイキング中に西野くんと急接近したみたいなんだ。
　私は真柴くんとゆっくり歩いていたから知らないけど、柚ちゃんと美雪ちゃんの話ではすごくいい雰囲気だったみたい。
「絶対西野くんもカナのこと気になってるよ」
「もう付き合っちゃいなよー」
　美雪ちゃんと柚ちゃんが、楽しそうにしゃべっているカナちゃんに小声で冷やかしを送る。
　いいなあ。
　このままもっと仲良くなって付き合っちゃったりするのかな？
　あのジンクスもあるし、もしかしたら今日カップル誕生

しちゃったりして。

　電話を切ったカナちゃんは、頬を紅潮させながら周りの子たちに聞こえないような声で言った。

「ねえ、これからみんなで西野くんたちの部屋に行かない？」

「え～？　男子の部屋に？」

「うん。せっかくだからみんなでトランプでもして遊ぼうよって」

　前のめりで誘ってくるカナちゃんは、行きたくてしかたない様子。

　そりゃあ、気になっている男子に誘われたら行きたいよね。

「あー……でも私はこのあと班長会議があるから無理だ～」

　残念そうに言う柚ちゃんは、この班の班長。

　しっかり者だから、みんなに推薦されたのだ。

「じゃあ、美雪と桃、お願いっ」

　このとおり、と両手を合わせられて、私と美雪ちゃんは顔を見合わせてうなずいた。

　カナちゃんのためだもんね。協力しないと！

「おー来た来た！」

　男子の部屋へ行くと、部屋の中からワッと声があがった。

　男子のコテージも同じ作りで、2段ベッドが設置されている8人部屋。

「女子が来ると華やかになるよね～」

　宮地くんがニコニコしながら言う。

　同じ班じゃない男子もいるし、私はそこまで親しくないからおどおどしてしまう。

　そんな私に気づいたのか、真柴くんがここに座りなよ、と隣をあけてくれた。

　カナちゃんは、西野くんの隣をキープ。

　ふと、伊緒くんのことが頭に浮かんだ。

　伊緒くんも、今日はコテージ。

　こうやって、女子が遊びに来たりしてるのかな……。

　髪をぐりんぐりん巻きにした女子が伊緒くんにベタベタしていたのを思い出して、なんだかソワソワしてくる。

「6人でババ抜きしようぜー」

　真柴くんがそう言いながら、トランプを切る。

「じゃあさ、負けた人は罰ゲームでジュース買いに行くってどう？」

　そこへ西野くんがそんな提案をして、カナちゃんが不安そうな顔を見せる。

「自販機って、レストハウスまで行かなきゃないんだよね？暗いし怖いよ」

「だからこそ罰ゲームなんだって！」

「うーわ、西野くんてじつはドS！？」

　美雪ちゃんが突っ込んで、ドッと笑いが起きた。

「まあ、負けないように頑張ればいいってことよ」

　西野くんはそうエールを送りながら、真柴くんが配り終えたトランプを手に取った。

「それがフラグにならないようにな」

　って、真柴くん。

　たしかに。こういうのって、言い出しっぺが負けることも多いよね。

　6人でババ抜きってなると、ペアを作るのも難しそう。

　思ったとおり、配られたトランプの中には、最初にペアになるものがひと組もなかった。

　大勢でのババ抜きは、すぐに決着がつかないから、わいわいきゃっきゃと盛り上がりながらゲームが進んで。

「はいあがりー。いえーい！」

　なんと、1抜けは西野くん。

「なんだよー、フラグ回収しろってー」

　真柴くんはやられたーって顔。

　そして、続けてカナちゃん美雪ちゃんが順調にあがって。

　……まずい。

　残り3人になって、なんとなく嫌な予感がしてきた。

　そして、何度目かのジョーカーが巡ってきた直後。

「あがりー！」

　宮地くんもあがり、真柴くんとの一騎打ちになってしまった。

　私のカードは2枚。ハートの3とジョーカー。

　真柴くんの持ちカードは1枚。

　3を取られたら私は負けてしまう。

　真柴くんがどっちを取ろうとしても、ポーカーフェイスを貫かないとね。

　そう思っていたのに３のカードに手をかけられたとき、反射的にぎゅっとカードを強く握ってしまった。

　あっ、しまった！

　真柴くんはにっこり笑って、そのままそのカードを引き抜いて──。

「やった、あがり！」

　手元にそろった２枚の３のカードを捨てた。

「うそっ……！」

　負けちゃった……。

　がーーーん。罰ゲーム決定だよ。

「俺、エナジードリンクよろ〜」

「俺はコーヒー」

　男子ふたりは嬉しそうにお財布からお金を取り出す。

　ううっ。

　私って、とことんだめだめだなあ。

　こればっかりは運だから、大丈夫かなって思ってたのに。

「やっぱり暗いしやめようよ」

　カナちゃんがそう言うと、美雪ちゃんもうなずく。

「罰ゲームなんだから行ってくるよ」

　私がコテージを出ようとすると、

「待って」

　真柴くんもあとに続いた。

「へ？」

「こんな夜に女子ひとりで買い出しに行かせるとかできねーって」

「うそっ、ありがとう」

　それならすごく心強い。

「ヒューヒュー」

　中からは、西野くんと宮地くんが冷やかしてくる。

　それを手で軽くあしらった真柴くんは「行こ」とドアを開けた。

　外はひんやりしていて、しずまり返っていた。

　用意のいい真柴くんは懐中電灯をちゃんと持ってきていて、足元を照らしてくれる。

「桃ちゃん、ババ抜き弱いんだね。てか、俺が3のカードをつかんだとき、桃ちゃん強く握ったじゃん？　その時点でそっちがジョーカーじゃないってわかったのに、それを取った俺もずるかったかなって」

「そんなことないよ！　それに、わざと揺さぶるために握ったかもしれないし」

　対戦中、実際そんな駆け引きは何度もあった。

　みんな上手に駆け引きしてて、人間不信になりそうなくらい……。

「桃ちゃんはそんな器用なことできませんー」

「ううっ……」

　自信たっぷりに言われて、なにも言えなくなっちゃう。

　……たしかに、あのときの私にそんな余裕なかったもんね。取られたくなくて握っちゃっただけだし。

「あっ！　すげえ星がきれい。ちょっと見ていこうよ」

　真柴くんが指さす空には、たくさんの星がまたたいてい

た。

「ほんとだぁー……」

　私たちは、レストハウスを目前にして進路を変えた。

　ここは街灯もあまりなく自然に囲まれているからか、住んでいるところより星がたくさん見えた。

　引き寄せられるように夜空に見入る。

　こうやって雄大な夜空を見上げていると、私の悩みはなんてちっぽけなんだろうって思えてくる。

　所詮、私も小さい星の中の、ほんの小さな物体なんだよね……。

「桃ちゃん」

「ん？」

　名前を呼ばれて真柴くんに顔を向けたら、そこにはものすごく真剣な表情の彼がいた。

　──ドキッ。

　いつにないそんな表情に、心臓が軽く跳ねる。

「桃ちゃん、俺、今まで何度も言ってきたと思うけど。マジで桃ちゃんのことが好きなんだ」

「……っ」

「俺と……付き合ってほしい」

　……真柴くん。

　彼の言うとおり、何度となくそんなことは伝えられてきた。

　でも、いつも笑ってかわせるようなシチュエーションだったけど、今日のはいつもと違うと感じた。

　……ものすごく、真剣に告白してくれてる。

「あの……」

　だからこそ、すごく胸が痛かった。

　伊緒くんにはあんな風に言ったし、真柴くんがすごくいい人なのも知ってる。

　けど、私にはやっぱり……。

「……真柴くんの気持ちはすごく嬉しい、です。でも……ごめんなさい……」

　ちゃんと自分の気持ちを伝えるのが、一生懸命告白してくれた真柴くんへの誠意だと思った。

　伊緒くんが好きな人とうまくいったとしても。

　私の気持ちがすぐに変わるわけじゃないから。

「そっかーーーー。伊緒くんには勝てないかーーーー」

　真柴くんは大きな息を吐きながら、夜空を見上げた。

　……こんなに優しい真柴くんを振るなんて、罪悪感でいっぱい。

「桃ちゃんはさ、伊緒くんにはコクんないの？」

「へっ!?」

「だってさー、いつまでも幼なじみでいるのつらくない？とっととコクって、どっちかに転んだほうがいいじゃん！」

「うん……でも……」

　私が伊緒くんに告白……なんて、考えたことなかった。

　幼なじみじゃなかったら、言えてたのかもしれないけど。

「俺は、桃ちゃんが笑顔でいてくれることが一番だから。俺、

伊緒くんを好きな桃ちゃんが好きなのかも」

　あはっとおどけたように笑って、私の肩にポンと手をの
せた。

「ありがとう……」

　キャンプ中、私が元気がなかった原因をきっとわかって
くれてたんだよね。

　優しすぎて、涙が出てきそう。

　と、そのとき。

「モモ……っ！」

　闇の中から声がした。

　えっ……？

　遠くからでも、はっきりわかるこの声の主は。

　……伊緒くん!?

　振り返ると、ものすごい勢いで伊緒くんがこっちに向
かって走ってきていた。

　うそっ、なんで!?

「やっ……！」

　びっくりした私は、思わず駆けだしていた。

　ネコに見つかったネズミみたいな速さだったと思う。

　脇目もふらずに一目散に逃げたんだ――。

　走って走って走ったら……。

「あれっ？　ここどこだろう」

　いつの間にか森の中へ迷い込んでいた。

　辺りを見渡しても、木、木、木。

「やだっ……」

　山登りのときと一緒で、舗装された道はないし、ぐるぐる見渡していたら自分がどっちから来たのかもわからなくなっていた。

　明かりひとつなく、とにかく真っ暗。

　バサバサッと頭上で何かが飛び立ち、

「きゃーっ！」

　悲鳴をあげて、頭を抱えその場にしゃがみ込んだ。

　怖い……怖いよ……。

　なにか明かりになるもの……そう思って着ていたパーカーのポケットに手を突っ込んでもスマホはない。

　……そうだ。

　男子の部屋へ行くとき、必要ないと思って自分の部屋に置いてきちゃったんだ。

　ううっ、どうしよう。

　方向がわからないからむやみに動けない。

「誰かーーー！」

　叫んでみても、自分の声が響くだけ。

「ううっ……」

　私、このままコテージへも帰れず、森の中でさまよいながらひと晩過ごすの？

　そう思ったら、涙が込み上げてきた。

　優しい真柴くんの告白を断って、伊緒くんから逃げ出した罰だ。

　あふれる涙をぬぐいながら、自業自得だと思っていると。

「……モーーーー」

　人の声がした。

　えっ……。

　誰かが私を呼んでる？

　そう確信した私は、

「おーーーーーい！」

　立ち上がって、力の限り叫んだ。

　お願い、気づいてっ……。

　すると、細い明かりがこっちを照らして。

「モモっ!!!」

　これは伊緒くんの声だ。

「伊緒くんっ……！　きゃっ……！」

　走りだしたら木の枝に足がひっかかってつまずいてしまった。

「……っ！」

　──バサッ……。

　それを受け止めてくれたのは、やわらかいぬくもり。

「……バカ。なにしてんだよ……っ」

　頭上から、皮肉にあふれた優しい声。

　伊緒くんからの「バカ」。

　これほどまでに愛しいって思ったことはない。

「ごめ……なさいっ……」

　ひっくひっくとしゃくり上げる私を、伊緒くんは力いっぱい抱きしめてくれた。

「どこに消えたかと思って、マジ焦った……」

「ごめんなさい……」

「もう俺のそばを離れんなって……」

　余裕がなさそうなその声に、胸がきゅんとした。

　伊緒くんは、私をずっと探してくれていたんだ……。

「モモにまたなんかあったら……マジで耐えられないんだ
よっ……」

「…………」

　昔のことを重ねているんだとわかって、チクリと痛む胸。

　私は、伊緒くんに迷惑かけてばかりだ。

「いつも迷惑ばっかりかけて……ごめんなさい」

　自立しようと思ってるそばからこんなんで、自分が恨めし
しい。

「モモなら、いくら迷惑かけられてもいいよ」

　……そんなの、だめだよ。

「てか、迷惑なんかじゃないし」

　スマホの明かりに照らされて、伊緒くんの顔がはっきり
見えた。

　反対に、伊緒くんからも私の顔がよく見えたようで。

「泣いてるし……」

　濡れた頬を、伊緒くんが親指で優しくぬぐってくれた。

「伊緒くん、どうして……？」

　伊緒くんは、どうしてあそこにいたんだろうって。

　私の問いかけに、伊緒くんは少しバツが悪そうに言った。

「……俺、モモと話がしたくて。コテージを出たらちょう
どモモが真柴とどこかへ行くのが見えたんだ。それで、い

ても立ってもいられなくて追いかけてきた──って、カッ
コ悪いな……」

「ううんっ」

　そのおかげで、私は助かったんだから。

　それに、伊緒くんが私と話をしようとしてくれていたこ
とが嬉しい。

　だから、私も素直に謝った。

「伊緒くん……ごめんなさい……」

　つまらない意地で、伊緒くんを怒らせてしまって。

　意味を理解してくれたのか、伊緒くんは軽く息を吐いた
あと口を開いた。

「モモに言われたから、俺、言うわ」

「え……」

「結果がどうでも、好きな子にコクることにした」

　──ズキンッ……。

　胸の奥は正直に反応しちゃうけど。

　だめだ。

　これまでいつも私のそばにいてくれた伊緒くんを応援し
ないと。

「うん……頑張って……。伊緒くんなら、絶対にうまくい
くよ」

　涙を拭いて、笑顔でエールを送った。

「ありがと。じゃあ言うわ。……俺、モモのことが好き。ずっ
とずっと好きだった。世界で一番、いや、宇宙で一番好き
だ」

　へっ……？

「い、伊緒くん……？」

　突然なにを言い出すんだろう。

「あっ、もしかして……予行練習……？」

「……バカ、人が真剣に言ってんのに」

　伊緒くんは少し照れた顔で、口を尖らせた。

　えっ……！　これって。

「いいかげん気づけよ。俺がどれだけモモのことを好きか、わかれよ……」

「うそっ……！」

　私の甲高い声が、静かな森に響いた。

「好きでもない子を抱きしめないし、キスマークつけたりしないって」

「だっ……それはっ……私がペットで……っ、あのっ……」

　自分でも、なにを言ってるのかわかんなくなっちゃう。

　身振り手振りをつけながらジタバタする私の手を、伊緒くんが握った。

「いい？　俺が好きなのは昔からモモだけ」

　言い聞かせるようなその言葉。

　今度はずっと胸に入ってきた。

　……伊緒くん……。

　それが本当なら、今にも天に昇っちゃいそうなくらい嬉しいよ。

　だって。

「わ、私だって、伊緒くんが好き。ずっとずっと、伊緒く

んだけが好きだったよ……」

　私も、15年分の想いを必死に伝える。

「……マジで……？」

　半信半疑に問いかける伊緒くんに向かって「うんうん」と、首を縦に下ろし続ける。

「モモ……っ」

　伊緒くんは、またぎゅっと私を抱きしめた。

　ふたりの体がひとつになっちゃうんじゃないかってくらい。きつく、きつく。

「伊緒くん」

　その体を離して、私は伊緒くんをまっすぐ見上げた。

「もう自分を責めないでほしいの」

「モモ……？」

「……おでこのこと。これは事故だったんだし。私、伊緒くんのせいだなんて一度も思ったことないよ？」

　そう言うと、伊緒くんは下唇をかんだ。

　まるで感情を抑えるように。

「あのね……あの映画を見て、きっと伊緒くんは私のおでこのケガのせいで私に縛られてるのかなって思ったの」

「やっぱりそうだったのか」

　私はうなずく。

「だから、伊緒くんが好きな人にちゃんと向き合えるように、伊緒くんから自立しなきゃと思って……」

「そっか、だから急に料理作ったり……」

　伊緒くんが納得したように言って、私の頭を優しくなで

る。

「俺たち、意味のないすれ違いをしてたんだな」

　ほんとにそうだ。

　私は伊緒くんを。伊緒くんは私を想って……。

「俺がモモに構うのは、モモが好きだからだよ。そりゃあ、傷のことはずっと気にしてたけど、それ以上に俺がモモのそばにいたかったんだ」

「伊緒くんっ……」

　恥ずかしい……っ。

　きっと今、私真っ赤だよ。周りが暗くてよかった。

　と、伊緒くんが、ガラリと口調を変えた。

「てか、真柴に告白するってのは？」

　ギクッ……。

「う、うそです……」

「うそぉ……？」

　伊緒くんは気の抜けた声を出した。

「モモのくせに、俺にうそつくなんて生意気」

　少し体を離して、私の鼻をむにゅーっとつまむ。

「ご、ごめんなさい〜……」

　バツが悪すぎて、伊緒くんの顔が見れないよ。

　伊緒くんのためだったとしても、それは真柴くんに対してもすごく失礼なことだったと思う。

　あ……真柴くんも置いてきちゃった。

　あとでちゃんと謝ろう。

「モモ」

　優しく名前を呼ばれて。

　ゆっくり顔をあげたら、優しい伊緒くんの瞳が見えた。

　いつものイジワルな顔じゃなくて。

　そして、予告もなくキスされた。

「んっ……」

　はじめて、唇に。

　甘いしびれが体中を駆け巡った。

　おでこでもなく。首でもなく。

　伊緒くんの体温を一番感じられる唇に降ってきたキスに、もう全身が溶けてしまいそう。

「はあっ……んっ……」

　呼吸困難になりそうなほどキスを続ければ、私は足元から崩れそうになって。

　伊緒くんは、そんな私の体をぎゅっと抱きしめ支えてくれた。

「モモは、もう俺のものだ」

「……ん……」

「一生離さないし」

「うん……一生離れないよ……」

「約束だからな」

「うん……約束……」

　そう言って、近づいてくる顔に再び目を閉じて。

　誰も見てない満天の星の下、私たちはもう一度誓いのキスをした。

　今までも、これからも。

ずっとずっと、伊緒くんと一緒にいられますように──。

＊おわり＊

☆
☆
☆
☆

書籍限定番外編

伊緒くんとお泊まり旅行

「海だーーーー！」

　青い空、照り付ける太陽、爽やかな風。

　そして目の前には広い海！

　これぞ夏！という光景を目の前にして、私はさっきから
テンションがあがりっぱなし。

「子供かよ……」

　少し後ろでは伊緒くんが呆れてるけど、気にしない気に
しない！

　8月上旬。

　夏真っ盛りの今日。

　私は、伊緒くんとふたりで海にやって来たんだ。

　それも、ただ海に遊びに来ただけじゃないよ？

　お泊まり旅行なんだ。ふふふっ。

　伊緒くんのお父さんが、会社のグループ企業が運営して
いるホテルの宿泊券をプレゼントしてくれたの。

　いつもは家族で行っていたみたいだけど、今年は海外転
勤中だから、ふたりで行っておいでって。

「にしても、父さんたちもよく俺らふたりで行けって言っ
たよな」

「うーん。一緒に住んでるんだし、今さらそこは気にしな
いのかな？」

　ふたりぐらしをするときもそうだったよね。

　男女が一緒に住むっていう、ヘンなとらえ方はまったく
されなかったし。
「俺らのこと、兄妹かなんかだと誤解してんじゃねえの？」
「はははっ、それはあり得るね」
　交流キャンプで、長年の片想いから卒業してめでたく恋
人同士になった私と伊緒くん。
　付き合い始めてから、１か月半が経ちました。
　交際のほうは順調……なのかな？
　といっても、一緒に住んでいるわけだし、付き合う前か
ら伊緒くんは私にきわどいことを散々していたわけで。
　今までみたいに、お仕置きと称して伊緒くんが私にあれ
これしてくることはあるんだけど。
　それが恋人同士のすることと同じなのか、私はまだよく
わからない。

　夏休みに入る直前のこと。
「みんなに報告があります！　実は私昨日……」
　朝登校すると、カナちゃんがみんなの耳元でこしょこ
しょ告げた内容に。
「うっそぉぉ!!」
「ひゃあ～～～～っ」
「わ～～～っ！」
　私と美雪ちゃんと柚ちゃんは一斉に叫んだ。
「ちょ、シーーーッ！」
　あわてて声を静めさせるカナちゃんの視線の先は、西野

くん。

　西野くんも騒ぎに気付いて、照れたようにカナちゃんに視線を送っていた。

　今聞いたのは。

『西野くんとついに結ばれました』

　という内容。

　実は、西野くんとカナちゃんも、交流キャンプで付き合うことになったの！

　あのトランプのあと、西野くんがカナちゃんに告白したみたい。

　つまり、私たちと付き合った日が同じなんだ！

「大人になった感想をどうぞ！」

　柚ちゃんが、ペンをマイクに見立ててカナちゃんにずいっと突き出す。

「え〜、とにかくもう、幸せっ。悠馬くん、すっごい優しくてね、もっともっと大好きになっちゃったあ♡」

　カナちゃんからは幸せオーラがビンビン出ている。

　まさに恋してる女の子って感じ。

　そういえば、最近カナちゃんはどんどんきれいになってる気がする。

「いやーん、ごちそうさま」

「甘すぎて吐きそうだ〜」

　柚ちゃんと美雪ちゃんが、バタバタと机の上におおげさに突っ伏す。

「いいなあ……」

　私は単純にうらやましかった。

　私は……まだだから。

　ていうか、付き合う前から散々いろんなことをされていたから、付き合ったらスムーズにそういうことになるのかな？ってちょっと思ってた。

　だけど伊緒くんてば、全然私に手を出してこないの！

　だからって私からいけるわけなくて。

　なんか寂しい。

「そういえば、桃のところはどうなの？」

　え、私にも聞く……？

　柚ちゃんに突っ込まれて、私たじたじ。

「えっと……そーゆーのはまだ、かなあ……？」

　えへへーと笑いながら首を傾ける私の内心は、本当は焦ってる。

「えーっ！　そうなんだあ。一緒に住んでるから、あっという間だと思ってた」

「うんうん」

　柚ちゃんもカナちゃんも意外そう。

　そう言われると思ったから、なんかイヤだったんだよね。

　もうやってて当然、みたいに思われるのが。

　付き合うことになったあと、同居していることはふたりに伝えたんだ。

「まあまあ、こういうのは焦ることじゃないからねっ！」

　ポン、と私の肩をたたく美雪ちゃん。

　そのフォローにちょっぴり救われたんだ。

　ホテルにチェックインする前に海で遊ぼうってことに
なって。

　伊緒くんと分かれて海の家の更衣室で着替えることに。

　水着も今日のために新しく買ったんだ。

　だけど。

「あれっ？」

　鏡に映った自分の姿を見て、焦る私。

　これ、試着したときよりも胸が強調されてない!?

　水着は美雪ちゃんたちみんなと買いに行ったんだけど。

『桃は細いわりに意外と胸があるんだから、こういうのが
いいって！』

『そうそう、ちょっと攻めたほうがいいんだよー』

『ギャップって大事だよ！』

　みんなにそそのかされて選んだ水着は、水色の生地に、
白や黄色の小花がちりばめられたガーリーな水着。

　ガーリーだけど、着てみると結構大胆で。

「こんな感じだったっけ……」

　みんなもそれぞれ水着を買うために試着をしていたか
ら、違和感に気づきずらかったのかも。

　いざひとりで着てみたら、めちゃくちゃ恥ずかしい
……！

「これって、もろに下着だよね……」

　まだ伊緒くんとそーゆーことをしてない私にとっては、
ギラギラに明るい太陽の下でこの格好になるのは抵抗あり
すぎる！

　もっとちゃんと考えて買えばよかった〜。

　周りの女の人を見ると、もっと露出の激しい人もいるけど、それなりのプロポーションだからまったく見劣りしない。

　それに比べて私は背はちっちゃいし、童顔だし。

　更衣室でひとり、ジタバタしていると。

　ピコン、とメッセージ音が。

【まだ？】

　スマホに浮かびあがったのはそんなメッセージ。

「うわあああ！！」

　伊緒くんから急かされちゃった。

　あんまり遅いと心配させちゃうよね。

　私は最後の抵抗で、バスタオルを体にしっかり巻き付けてから更衣室を出た。

　伊緒くんは、更衣室の入り口のすぐ脇に立っていた。

　黒い海パンをはいた伊緒くん。

　うわっ……。

　上半身がハダカ……って当たり前なんだけど、こうやって見せられるとドキドキしちゃう。

　筋肉が程よくついていて、腹筋も割れてる。たくましい体つき。

　しかもスタイル抜群で、めちゃくちゃカッコいい。

　通り過ぎる女の人はもれなく二度見。

　彼氏がいる女の子まで見てる！

「お、お待たせっ」

　心臓が口から飛び出そうな状態で声をかける。

「遅かったな」

　私に気づいた伊緒くんはそう言って……バスタオルを体に巻きつけた私を不思議そうに見る。

「ご、ごめんね、えへっ。行こっか」

　それに気づかないふりして笑ってごまかした私の心臓はばっくばく。

　バスタオルを巻いてきたら巻いてきたで、これはどのタイミングで外すべき!?

　んも〜、こんなことなら、海は美雪ちゃんたちも連れてみんなと行くんだった〜。

「なんでバスタオル巻いてんの」

　……やっぱり見逃してくれるわけないか。

「こ、これはですね、その……」

　言い訳している最中、容赦なくパサッとはがされたバスタオル。

「ひゃあっ！」

　伊緒くんてば強引なんだから！

　心の準備もなく、恥ずかしい姿が披露されちゃって、私は身をよじった。

「……っ」

　すると息をのむ伊緒くん。

「やベッ……」

　口元に手を当てて視線をそらした伊緒くんは、ちょっと顔が赤いような……。

「可愛いすぎて目のやり場に困る」

　そう言いながら、私の手を引いて砂浜を歩いていく。

　えっ？　えっ？

　やだっ、どうしようっ。

　ただでさえ熱い砂浜なのに、私の体温はグングン上がって行った。

「わぁ〜気持ちいいっ！」

　恥ずかしいのは最初だけで、海に入っちゃえばいつもの私たち。

　私は泳げないから、浮き輪を使ってぷかぷか浮かぶ。

　水の中だと、露出も気にならないしね。

「モモ、もっと向こうに行ってみよう」

　浮き輪のひもを引っ張る伊緒くん。

　伊緒くんは泳ぎも得意だから、波もなんのその。

　うまくかわして、私を運びながらもっと沖のほうへ進んで行く。

「わーいわーい！」

　完全に足はつかないし、下のほうはさっきよりも水が冷たくなった。

　だけど浮き輪があれば安心だもんね。

「気持ちいいなあ」

　私の浮き輪にあごを乗せて浮かびながら、目をつむる伊緒くん。

　太陽に照らされていつもよりキラキラ倍増の伊緒くん。

　まつ毛ながいなあ……。

　水滴がついて、まつ毛さえキラキラしてる。

　すると、伊緒くんがパチッと目を開けるから、見惚れていた私は焦り、くるっと180度体を回転させた。

　やばいやばい。

「ねー、なに見てたの？」

「ひゃっ」

　耳元でささやかれれば、体がゾクゾクッとした。

「ねーえ」

　背後から私を抱きしめて、浮き輪に腕を乗せて浮かぶ伊緒くん。

「うわあ」

　重みでぐらぐら揺れる浮き輪。

　おまけに、私の足に自分の足を絡ませてきた。

　う〜わぁ〜……！

　触れ合う面積が広すぎてきゅううううんと胸がときめく。

「モモ」

「ん？」

　振り返ったら、キスされた。

「……んっ……」

　ぷかぷか浮かびながらキスするなんて、不思議な感じ。

　水の冷たさと、唇の熱。そして浮かぶ体。

　今までの経験にないシチュエーション。

　刺激が強すぎて、頭がぼんやりしてくる。

　──と。

　いきなり私の体から浮き輪が外れた。

「えっ!?」

　一気に重力が襲ってくる。

　伊緒くんが、私から浮き輪を取り上げたんだ。

　泳ぎが苦手な私は、いきなり命綱である浮き輪がなくなってあわてる。

「伊緒く……っ!」

　私が泳げないの知ってるよね!?

「大丈夫、俺につかまって」

　目の前では余裕そうに笑ってる伊緒くん。

　伊緒くんは、浮き輪が流されないようにひもを指に絡めた状態でつなぎ、反対の手では器用に水をかいている。

「で、でもっ!」

「俺につかまらなかったら、モモ溺れちゃうよ」

「イジワルっ!」

　ほんとに溺れたら困るし、伊緒くんにぎゅっと抱きつくしかない。

「そうそう、イイコ」

　すると体はちゃんと浮いたし、バタバタ暴れるより安定した。

　だけどこれ、ハダカで抱き合ってるのと同じじゃない!?

　恥ずかしくって、ドキドキしちゃってどうしようもない。

　伊緒くんてば、これを狙ってたの!?

「……んんっ」

　こんな状態でも、またキスしてくる伊緒くん。

「人いるし……っ、恥ずかしっ……」

　言い終わらないうちに、次のキスが落ちてくる。

　恥ずかしくても、私が伊緒くんに抱き着くのをやめたらどうなるかわかってるし……。

「誰も見てないって」

　確かに、みんな自分たちのことに夢中で周りのことなんて見てない。しかも、知らない人ばかり。

「今は俺のことだけ考えて」

「……んっ……」

　もう、私はされるがまま。

　時折、波で大きく浮かびあがる体。

　ふわふわふわふわ。

　体も頭もぼうっとしているのは、波に揺られているせいなのかなんなのか、よくわからなかった。

　夕方になって、今夜泊まるビーチ前に建つホテルへ移動する。

　予約されていた部屋は、ふたりで過ごすにはじゅうぶんすぎる広さだった。

　しかも部屋に露天風呂まで……！

　いくらなんでもここには入れないよね。

　私はあえてそれには触れないようにして、窓辺へ走った。

「見て見て伊緒くん！」

　窓からは、さっきまでいた海が一望できる。

　ちょうど、サンセットの時間だ。

　水平線に、大きな夕日が沈んでく。

「すげえ。真っ赤だな」

「ね！　きれい！」

　私はスマホ片手に窓を開ける。

　熱風は落ち着いて、涼しい海風が入り込んできた。

　私がスマホを夕日にかざすと、後ろからぎゅっと抱きしめられた。

　――トクンッ。

「いいね、こういうの」

「そ、そうだね」

　いつも家で伊緒くんとふたりきりなのに、場所が違うだけでこんなにもムードが出ちゃうものなのかな。

　とそのとき。

　――ギュルルルル。

「わっ！」

　ムードがないのは私のお腹だったみたい。

「やだっ」

　私はあわててお腹に手を当てた。

「はは、モモらしい。風呂入って、飯食おうか」

　伊緒くんは笑って私の頭を撫でた。

　大浴場からあがると、浴衣サービスがあることを知った。

　色んな柄の中から好きな浴衣を着ていいんだって！

　しかも着付けまでしてくれるみたい。

　私はさっそく、白地にピンクや赤い花が描かれた夏らし

くてかわいい浴衣を選び、着付けてもらった。

　伊緒くん、びっくりするかな。

　ウキウキしながら大浴場を出ると、伊緒くんは休憩スペースで飲み物を飲んでいた。

「いお……んっ？」

　名前を呼びながら駆け寄ろうとして。

　あれれ？

　両隣に座る大学生くらいのお姉さんに話しかけられているのを目撃。

　むー。

　伊緒くんってばこんなところでもナンパされてるし！

「えー、高校生なの？　見えなーい」

「よっぽどうちらとタメの男たちよりも大人だって」

「ねえ、どこから来たの？　連絡先交換しようよ」

　グイグイ攻めていくお姉さん方。

　伊緒くんは、無視するようにスマホをポチポチいじってる。

　それを見て少し安心するけど。

「ねえねえ、よかったらうちらの部屋にこない〜？」

　めげずに腕を取ってぶんぶん揺さぶられている。

　そ、それは困るっ！

　わざとパタパタ音を立てて近寄ると、伊緒くんが振り向いた。

「あ、来た来た」

　お姉さん方を無視して立ち上がった伊緒くんは、私のと

ころまでやって来てくれた。

「なぁんだ、彼女連れ？」

「つまんないのぉ」

　不満そうな声が聞こえてきたけど。

　伊緒くんは私の肩を抱くと、その人たちを無視して歩きだした。

「その浴衣どうしたの？」

「えっとね、旅館のサービスで着付けてくれたの」

「へー、すげえ可愛い」

「ほんとっ？」

「うん、ほんと」

　伊緒くんに褒められて嬉しい。

　そういえば、伊緒くんは前ほど毒舌じゃなくなった気がするんだ。

　可愛いとか、素直に口に出してくれるの。

　それがすごく嬉しい。

　部屋に戻るとすぐに夕飯になった。

　新鮮なお刺身や、普段食べられないような山の幸などを堪能してお腹いっぱい。

　そして、夜のお散歩に海岸へ行くことに。

　——ザブーンザブーン。

　寄せては返す波の音を聞きながら浜辺を歩く。

　昼間は大勢の人でにぎわっていたのに、同じ場所とは思えないくらい静かだ。怖いくらい。

「こうやって見てると吸い込まれちゃいそうだね」

　黒い海を見ながらつぶやけば。

「そういえばこの海、夜になると女の人の幽霊が出るらしい」

「ええっ、うそっ!?」

　私、その手の話が大大大の苦手なんだ。

　やだっ、どうしよう。

　夏の夜なのに、一気に寒くなって来たよ。

　背中から冷えてくる感覚に、腕をさすれば、

「ワアッ!!」

「きゃああああっ！」

　耳元で突然大声を出されたものだから、びっくりして伊緒くんにしがみついた。

　なになにっ!?

　お化け!?

　怖くて、体を丸めてジッとしていると。

　しがみついた伊緒くんの体がかすかに揺れていた。

　──ん……？

　ゆっくり顔をあげると、クックックと笑ってる伊緒くんが。

　え？

「モモって、ほんとおもしろいよな」

　頭をこつんと小突かれた。

「幽霊なんて出るわけないじゃん」

　え、作り話だったの？

「……、ちょっ、伊緒くんっ!?」

「ははははっ！」

　そして逃げていく伊緒くんを追いかける。

　も〜、許さない！

　本当に怖かったんだから！

「いつまでたってもお子ちゃまだな、モモは」

　笑いながら、こっちだよーって手をたたいてる。

　……まるで昔のようだ。

　こうやって、私たちはいつも一緒にいたんだよね。

　伊緒くんのミルクティー色の髪が、海風にさらわれてさらさらとなびく。

　憎たらしいほどカッコいい……。

　いや、それに騙されちゃダメだ！

　今は許さないんだから！

「待てーーーー！」

　浴衣だし、サンダルだし、走りにくい。

　調子に乗って走っていると、砂に足を取られてつんのめってしまった。

「あっ……！」

　砂浜にダイブ……そう思った私の体は、

「つかまえた……」

　やわらかいものに包まれた。

　それは伊緒くんの胸。

「危なっかしいな、モモは」

「……伊緒くん」

　先を行っているはずだったのに、ちゃんと受け止めてくれた。

「こうやって、モモはいつまでも俺に守られてればいいの」

　——どくんっ……。

「俺が守りたいんだ」

　ゆっくり伊緒くんの顔が近づいてきて。

　そっと目を閉じたら、唇に触れるやさしい温もり。

　伊緒くんとキスすると、すごく安心するの。

　あったかくてやわらかくて、体が溶けちゃいそう。

　抱きあっても抱きあってもまだまだ足りなくて、お互いの腕を体にぎゅっと絡ませる。

　——ザブーンザブーン。

　波の音以外聞こえない夜の闇のなかで、私たちはいつまでもキスをしていた。

　足元が波にさらわれ、濡れてしまっても。

　部屋に戻ると。

「…………」

　思わず絶句。

　さっきまで部屋の真ん中にあったテーブルは端に片付けられていて、代わりに布団が敷かれていたんだ。

　二組の布団がくっついて。

　それを見た私は、ソワソワしちゃってしょうがない。

「そ、そうだ。私トランプ持ってきたの！　トランプしよう！」

思い出して、カバンからトランプを取り出した。

旅行にトランプは必須だよね！

私ってば用意がいいな。

布団の上に座ってトランプを広げようとしたら、

「モモ」

「……っ」

腕を引っ張られて顔をあげたら、伊緒くんの顔がものすごく近くにあった。

トランプが、手からバラバラと落ちる。

「トランプなんていいよ」

少し緊張したような真剣な瞳。

こんな伊緒くんの顔を見るのは初めてで、胸がドクンッと鳴った。

……私だって子供じゃないからわかるよ。

これからなにが起きようとしてるのか。

「……モモ」

少しかすれた声で私の名前を呼んで。

静かに、伊緒くんの顔が近づいてくる。

——トクントクン……。

そのままゆっくり布団の上に倒されて。

キスされた。

緊張しすぎているせいか、いつもより息がしにくい。

呼吸が荒くなってるのがわかる。

それは伊緒くんも同じで。

気のせいかもしれないけど、伊緒くんはちょっと震えて

いるような気もする。

　——チュッ……と音を立てて離れた唇が、目の前で開く。

「モモ……俺、モモのこと世界一好き」

「うん……」

　告白してくれたときにも言ってくれたもんね。

　改まって言われると照れちゃう。

「モモのこと大事にしたい」

「うん……」

「でも、モモのことが……ほしい」

　一瞬体が固まった。

　私たち、いよいよ……。

「……いい……？」

　許可を求められて、私はぎこちなく首を縦に下ろした。

　私だって、伊緒くんのことが大好きだから。

　伊緒くんに私のすべてをささげたい……。

　伊緒くんが腰元に手をかけると、するするとほどけていく浴衣の帯。

　腰の締め付けがなくなった瞬間、薄い布地も簡単にはらりと落ちていく。

　一気にはだけた胸元。

　伊緒くんが私の上で、Tシャツをバサッと脱いで。

　はじめて……なにも身に着けない私たちの体が重なりあう。

　幸せで、体が震えそうだった。

「モモ、大好きだよ」

　伊緒くんは、私の胸に優しくキスを落とす。

　最初は恥ずかしかったけど、だんだんそんなこと思ってる余裕もなくなってきた。

　頭は真っ白で、無意識に声が出ちゃって……とにかく、ただただ夢中で……。

　私たちはその日、初めて結ばれた。

「……ん」

　目を開けると、まぶしい朝陽が目に飛び込んできた。

　太陽が海に反射しているせいで、余計に明るく感じるみたい。

　目を細めてぼーっと見ていると、

「おはよ」

　反対側に顔を向ければ、私の横で肘をついて寝転がりながらこっちを見ている伊緒くん。

「……ひゃっ！」

　私たちはまだハダカのままで……。

　薄い布団が1枚だけかけられている状態。

　あわわわわ……！

　私はあわてて口元まで布団を引っ張り上げる。

　昨夜のことをリアルに思い出しちゃって、体があつくなった。

「よく眠ってたね。まあ……昨日疲れたからしかたないか」

「…………」

　疲れた……。

　そう言われて、ぶわっと恥ずかしさに襲われた。

　たしかにはじめてのことで、私、ずっと呼吸がままなら

なかった気が……。

「海入って疲れたでしょ？」

「へっ、海？」

　そっちか。

「なにを想像してたの？」

　伊緒くんはニヤニヤしてる。

「ううっ……」

　恥ずかしいっ……。

　このまま穴掘って埋まりたい。

「てか、今さら隠したって、昨日全部見ちゃったけどね？」

　布団にくるまる私に、イジワルな目を向ける伊緒くん。

「そ、そういうこと言わないで……っ」

　どうしてそんなに余裕なの!?

「やっぱりチンちゃんいないと落ち着かない〜」

　代わりに枕をギューッと抱きしめると、

「チンちゃんなんて、もういらなくしてやるよ」

「ひゃっ」

　私から枕を奪って、自分の体に私の腕を巻き付けた。

　どくんどくん。

「これからは俺を抱いて寝ればいいでしょ」

「……もう」

　朝から刺激強すぎだよ。

　だけど、すごくあったかくて安心する。

「もうちょっとこうしてようよ」

「……うん」

　結局伊緒くんが大好きな私は、そんな彼からの誘惑に勝てっこなくて。

　私は伊緒くんの胸に顔をうずめた。

＊番外編おわり＊

あとがき

伊緒（以下、伊）「モモ、ご飯できたよ」

桃「はーい！　ん？　これは……ピーマンの肉詰め!?」

伊「それがなにか？」

桃「だ、だって、伊緒くんピーマン苦手なんじゃ……」

伊「はあ？　俺に苦手なんてあるわけないでしょ」

桃「え、だってピーマン──」

伊「ふーん、そういうこと言うならお仕置きしないとね」

桃「ええっ！？」

（桃の手を取り、ソファへ）

桃「伊緒くんやめっ……ほらっ、ご飯、冷めちゃうか
らっ……」

伊「ご飯より今はこっち。煽ったの、モモだからね」

桃「……っ」

伊「悪い子だな、モモは」

（そのままソファになだれ込むふたり）

──と、相変わらずな伊緒と桃でした。

　こんにちは、ゆいっとです。

　この度は、数ある書籍の中から『イケメン幼なじみと甘々
ふたりぐらし。～女嫌いのはずのクール男子に、溺愛され
ちゃいました!?～』を手に取って下さりありがとうござい
ました！

　今回は、幼なじみのジレジレ両片想いのお話でしたが、いかがだったでしょうか？

　同居も数多く書いてきたので、今回はラブコメにしようと思い、シチュエーション重視でお話を考えました。

　次はどんなことをさせようかな？と、妄想がとまらず書いていてとても楽しかったです。

　ふたりのやり取りに、少しでもクスッとしていただけたら嬉しく思います！

　番外編も甘さ増し増しで書いたので、サイトで読んでくださっていた方も、新たに楽しんでもらえたら幸いです。

　最後になりましたが、カバーイラストと挿絵を描いてくださった星名トミー先生、素敵に仕上げてくださったデザイナー様、この本に携わってくださったすべての方に感謝申し上げます。

　そして、この本に出会ってくださった皆さま、どうもありがとうございました。

2022年9月25日　ゆいっと

作・ゆいっと

栃木県在住。自分の読みたいお話を書くのがモットー。愛猫と戯れることが日々の癒やし。単行本版『恋結び〜キミのいる世界に生まれて〜』(原題・『許される恋じゃなくても』)にて書籍化デビュー。近刊は『溺愛王子は地味子ちゃんを甘く誘惑する。』、『【イケメンたちからの溺愛祭！】秘密の溺愛ルーム〜モテ男子からの奪い合いがとまらない〜』など(すべてスターツ出版刊)。

絵・星名トミー (ほしな　とみー)

9月22日生まれ。乙女座AB型。自然と動物(特にネコ)、睡眠が好き。趣味はYouTubeをみることとチャリ旅。著作に『うそつきメソッド』(小学館刊、マイクロ1〜3)がある。

ファンレターのあて先

♥

〒104-0031

東京都中央区京橋1-3-1

八重洲口大栄ビル7F

スターツ出版 (株) 書籍編集部 気付

ゆいっと 先生

イケメン幼なじみと甘々ふたりぐらし。
～女嫌いのはずのクール男子に、溺愛されちゃいました!?～

2022年9月25日　初版第1刷発行

著　者　　ゆいっと
　　　　　©Yuitto 2022

発行人　　菊地修一

デザイン　カバー　ナルティス（尾関莉子）
　　　　　フォーマット　黒門ビリー＆フラミンゴスタジオ

DTP　　朝日メディアインターナショナル株式会社

編　集　　中山遥

編集協力　須川奈津江

発行所　　スターツ出版株式会社
　　　　　〒104-0031 東京都中央区京橋1-3-1　八重洲口大栄ビル7F
　　　　　出版マーケティンググループ　TEL03-6202-0386
　　　　　（ご注文等に関するお問い合わせ）
　　　　　https://starts-pub.jp/
印刷所　　共同印刷株式会社
Printed in Japan

ISBN 978-4-8137-1324-1　C0193